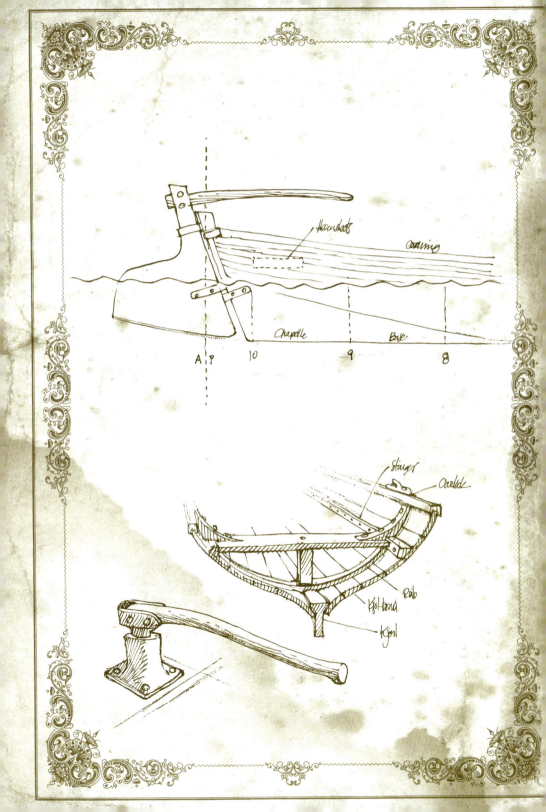

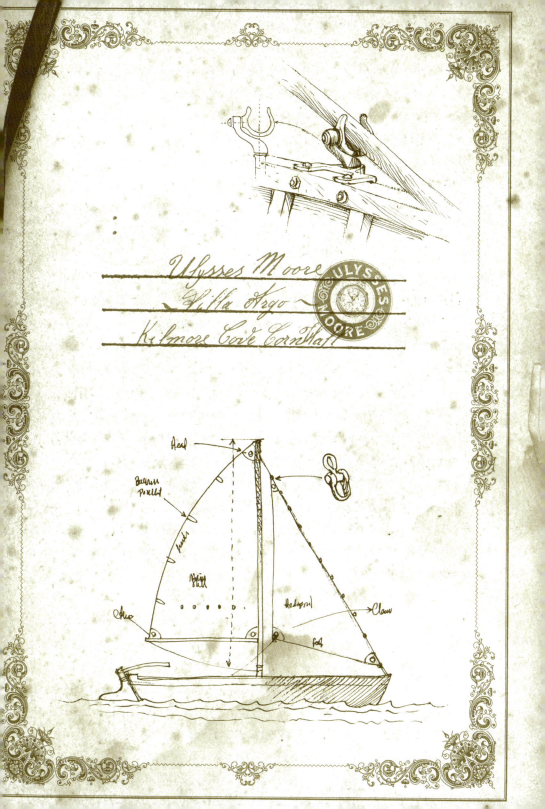

Ulysses Moore
Villa Argo
Kilmore Cove Cornwall

尤利西斯·摩尔推理冒险系列

17 决战时刻

［意］尤利西斯·摩尔/著 顾志翱/译

中国出版集团 现代出版社

版权登记号：01-2018-8337

图书在版编目（CIP）数据

决战时刻 /（意）尤利西斯·摩尔著；顾志翱译 . —北京：
现代出版社，2022.7
（尤利西斯·摩尔推理冒险系列）
ISBN 978-7-5143-9703-1

Ⅰ. ①决… Ⅱ. ①尤… ②顾… Ⅲ. ①儿童小说－长篇小说－意大利－现代
Ⅳ. ① I546.84

中国版本图书馆 CIP 数据核字（2022）第 082170 号

决战时刻

作　者	[意]尤利西斯·摩尔著
译　者	顾志翱
责任编辑	李　昂　刘晓真
出版发行	现代出版社
通信地址	北京市安定门外安华里 504 号
邮政编码	100011
电　话	010-64267325　64245264（传真）
网　址	www.1980xd.com
电子邮箱	xiandai@vip.sina.com
印　刷	三河市宏盛印务有限公司
用　纸	710mm×1000mm　1/16
印　张	13.25
字　数	149 千字
版　次	2022 年 7 月第 1 版　2022 年 7 月第 1 次印刷
书　号	ISBN 978-7-5143-9703-1
定　价	45.00 元

以我的内心而言，我是很反对决斗的，如果说有人想要挑战我的话，我会选择和颜悦色地握住他的手，把他带去一个安静的地方，然后趁其不备干掉他。

——马克·吐温

对于一个刚刚学会握剑的战士来说，能够受到决斗的挑战是一种荣誉。

——吉尔伯特·基思·切斯特顿

尊敬的编辑部同人们：

我想这应该是写给你们的最后一封信了，因为我已经完成了手中全部稿件的翻译。此时此刻，虽然我的身体感到十分疲惫，但是内心却充满了激动与喜悦，尤利西斯和他的那些年轻伙伴们的冒险故事即将告一段落。在过去的数年时间，当我面对着那一份份犹如密码一般的手稿以及一个接着一个的谜题时，经常会苦思冥想，而现在，我们终于等到了最终之战的时候，所有的底牌即将揭晓，结局马上到来。

这次的冒险故事是从一群年轻人在沼泽地里找到了来自基穆尔科夫的墨提斯号开始的，这些人中包括了穆雷、康纳、肖恩、米娜以及布拉迪两兄弟。我们跟着他们穿越蓝色海洋，来到几乎已经被废弃了的基穆尔科夫，因为虚幻印地会已经掌控了所有的航线，并且阻断了各个虚幻之港之间的船只往来。随后，穆雷和他的伙伴们大闹了虚幻印地会的驻扎地，并且找到了被困在一座荒岛之上的尤利西斯。在救出阿尔戈山庄的主人之后，一行人勇闯从来都没有人能够活着离开的牢笼之岛，当然，我的意思是在穆雷之前。因为穆雷有着与众不同的潜质，他能够打开时光之门。当他和岛上的第一位犯人，同时也是时光之门的建造者交流之后，他掌握了这个技能。

而这次冒险故事的最终章现在已经在各位的手里了，不过，说实话，我并不能保证翻译得完全正确，因为尤利西斯总是喜欢在字里行间隐藏各种出其不意的谜题。但是我可以告诉各位的是，我在翻译的过程中，根本就停不下来啊，好几次工作到一半，我就不得不偷偷看一下后面的内容，来了解事件的后续发展，一直到最后一页，一直到一切都真相

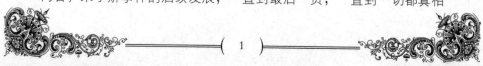

大白。

而真相竟然如此简单，简单到我根本就没有想到过。

希望你们能够喜欢这次的冒险故事。

而我呢？我现在就准备在浴缸里放满水，然后躺进去，静下心来，希望能够听见来自虚幻之地的召唤。

如果真是这样的话，我敢肯定地说，自己一定会义无反顾地动身去寻找那个地方，并且将我的经历记录下来，交给我所信任的人，这样，也许有朝一日，你们也能够追随我的足迹。

——帕多文尼高·巴卡拉里奥

目　录

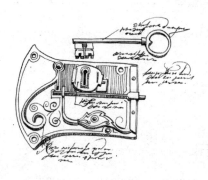

第一章

囚犯

门可以用来出去，
也可以用来进入。

在穆雷走出去之后，时光之门立刻关上并消失不见了，只是在墙上留下了一道长条形的光晕。

他有些难以置信地看了看四周。

这是真的！前一秒他还在阿尔戈山庄，面对着石室里的时光之门，而现在，就在他打开时光之门后，他已经站在了一间密闭的房间里，这里有两张木板床和一把被用来当作床头柜的椅子。他正对面墙上的灰泥层已经开裂，房间里有一扇真正的铁门，不过已经被锁上了。

这里就是牢房！

而且就是他父亲克拉克先生所在的那个房间。

只不过他的父亲此时并不在这里。

当然，穆雷并没有告知过父亲自己会用这种方式来探望，甚至都没想到居然会发生这种事情。他靠在墙上平复了一下自己有些激动的心情，并想着接下来该怎么做。

"爸爸？"他轻轻地喊了一声。

也许此时，父亲正在院子里放风，又或者在做其他事情，毕竟穆雷曾经听说过有些犯人在白天的时候是需要劳动的，只不过他并不知道自己的父亲是否也是这样，两人从来都没有谈论过此事。通常情况下，两人都会说些别的话题。

自从穆雷将自己写的故事交给了父亲之后，这些源于他想象的故事便成了两人谈话的主要内容，而且，他还发现了一个好处，就是这些故事能够令父亲短暂地忘记自己身处囹圄的尴尬境地。

几周之前，穆雷和母亲一度以为能够为父亲争取到减刑并提前释放的机会，但是结果却不尽如人意。父亲已经"知道了所有的事情"，但是所有人对这些事情却讳莫如深，就连父亲被逮捕的原因都开始变得令人云里雾里。

　　不过，穆雷并未因此而丧失信心。如果问他在所有虚幻世界的冒险旅途中学到最重要的东西是什么的话，那就是在任何情况下都不放弃的精神，无论是身处在这个世界上最可怕的监狱之中，还是在无边大海的狂风暴雨之下，抑或是在热带雨林的食人族部落里。

　　这样的信念一路支撑他坚持到了今天。

　　穆雷坚信父亲和自己一样，用同样的眼光观察着这个世界，从未放弃希望改变这个世界的理想。

　　这时，门外传来了一阵声响。穆雷本能地希望找一个可以藏身的地方，然而这间牢房里什么都没有。于是他屏住呼吸，静静地贴着墙壁。牢门之外的人会是谁呢？是守卫，还是归来的囚犯？他侧耳细听，希望能够分辨出父亲的声音。

　　他并非有备而来，确切地说，他一开始甚至都没想到能够来到这个地方，如果一会儿真的见到父亲，他都不确定是否应该先堵住父亲的嘴，以防止他尖叫起来。

　　"没时间了，你跟我来，我会告诉你一切的。"

　　他等会儿是准备这么说吗？然后呢？他能够在墙上再次打开时光之门，将他的父亲一起带走吗？

　　牢房外的声音越来越远，最终消失了。

　　穆雷终于松了口气，他来到了床边，轻轻抚摩着冰冷的被子。

　　显然，现在出去找他的父亲并非明智之举，同时，他也不可能就这样等在这里，因为他的父亲一定是被守卫押送回来的。

　　所以，既然排除了这些办法，那么剩下的也就是他唯一的选择了，这也是他小时候最喜欢和父亲使用的沟通办法。

　　穆雷拿起床头柜上的纸和笔，开始写了起来。

　　他希望父亲能够知道自己已经来过这里，并且是从一个名字叫基穆

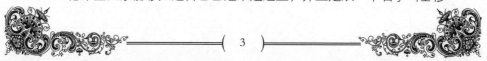

尔科夫的遥远的小镇过来的。

在内心深处，他多么希望能够像肖恩一样，将父亲从这里带走。

从一所监狱去往一个战乱之中的小镇。

"但这是一场以自由为目标的战争。"穆雷写道。

他在纸上留下这些信息的同时，内心开始忐忑起来，因为就目前情况来看，虚幻世界那边算是正式向印地会宣战了，而在上次见过了拉里之后，想要再回到自己正常的学校生活恐怕就没那么容易了。

而此前，他一直告诉母亲，周末的时候会和康纳以及其他小伙伴一起坐船去冒险，尽管母亲并没有提出什么异议，不过恐怕她怎么也不会想到这些事情居然全部都是真的。

漂流瓶中的字条……记载着宝藏的地图……

没错，他写的那些故事，包括他现在留给父亲的字条，说到底这些也算得上是"任意的一本书"了，与当时自己和米娜、肖恩以及康纳依靠着尤利西斯·摩尔的日记才得以抵达基穆尔科夫的情况一样。

在写完了字条之后，穆雷再次读了一遍，显然他并不是非常满意，在如此简短的字句间，他根本无法将自己所要表达的意思讲清楚。

穆雷从口袋里掏出了那只在书桌暗格里找到的金色罗盘，压在了字条上，算是自己的签名了。不知道这只罗盘到底是父亲还是那个旧货商法尼藏在书桌里的，也不知道他是不是还能够认出这件东西。

"不管怎么说，这是一件来自家里的东西，这封信确实是我留下的。"

他回头看了一眼这间牢房。在这里，父亲浪费了太多时间。

"或许也不一定。"穆雷自言自语道。

也许时间是否被浪费和我们身处在哪里并没有直接的关系。我们的价值取决于我们决定如何去利用自己的时间，如何未雨绸缪，以及所做

的事情是否能够带给自己一个美好的回忆。

"我们的人生是有限的，但是时间却是无限的……"穆雷心想。

最重要的是能够做出不会让自己后悔的决定。

当他依然沉浸在自己的思绪之中时，墙壁上突然开始浮现出一道光条，然后光条转变成了如同树根一般的光纹。

一阵冷风吹进了囚室之中，将里面潮湿发霉的气味一扫而空。

连接虚幻世界的时光之门再次出现在穆雷的面前，他毫不犹豫地走了进去。但是，他并不知道到底是自己召唤了时光之门，还是时光之门前来迎接自己的最后一个建造者。

第二章

十二个贺卡袋

虽然邮局一直都开着，
工作效率却是一个问题。

基穆尔科夫的邮局似乎从来都没有收到过如此多的信件，五个巨大的敞口布袋子就堆放在一进门的地方，还有一些则被堆在了柜台的前面。柜台后面的一位白胡子老者一直重复着说如果再这样下去的话，他必须得雇一位帮手了。

"偶尔寄些贺卡和信也就算了……"这位邮局里唯一的工作人员自言自语道，"但是这样怎么行呢？我都不知道该把东西放在哪里了！"

白胡子老者的面前站着两个人，其中的一位年纪稍大，一头短发，双眼炯炯有神，他四下里张望了一圈，仿佛随时准备将这里改造成充斥着扳手和齿轮的工作室。没错，他就是最善于废物利用和改造的托尼·加里比教授。

站在他身边的则是米娜——一个不愿意屈从于父亲的意愿，而从机场里逃出来，希望和反抗军一同奋战的印度女孩。

"我们一收到您的求助信息就立刻赶来了。"米娜对着邮局工作人员说道，说实话，她惊讶的心情并不亚于面前的这位老者。

"还有贺卡不断地被派送过来！"邮局工作人员抱怨道，"你们看看！"

只见从柜台后面一口像井一样的通道里，不断有气流将信函和明信片喷出来，令邮局的办公室里下起了纸片雨。

"基穆尔科夫的邮政系统可真是太神奇了！"加里比教授两眼放光地赞叹道。如果有时间的话，他可真希望能够先把这里的洞穴探索个遍，然后再把这个邮局的工作机制整理清楚。当然，如果能够再研究一下墨提斯号，或是登上鹦鹉螺号的话那就更棒了。

"教授！"米娜提醒了一句，显然她意识到加里比教授已经沉浸到自己的思绪中去了。

加里比教授嘀咕了一句，然后清了清嗓子。"好了，伙计们！"他以教授的口吻说道，"你们知道吗？对于能够收到那么多明信片来说，

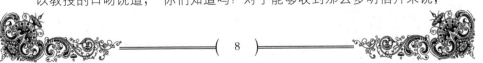

我们应该感到高兴才对。"

"事实上，一开始我们确实感到挺高兴的。"邮局工作人员回答说，"不过随着时间的推移，我们发现有越来越多的人寄信过来，询问应该怎样来这个小镇！"

"也就是说我们的那些广播号召成功了！"米娜兴奋地回答说。

"你们没去外面转转吗？"那位邮局工作人员指了指外面说，"这里已经有太多人了！我们小镇可没办法容纳那么多人！"

"但是如果我们想要更多同伴的话，我们就得想办法容纳他们啊！"米娜看了一眼外面说道。街道上已经可以见到不少来自世界各地的男人和女人们，他们有的是坐船过来的，有的是从陆路过来的，甚至还有一些是从地下通道里钻出来的。

"我可不是站在一个小镇居民的角度来说的，这你得先明白。"邮局工作人员继续说道，"因为我自己也才来这里帮忙没多久。"

"对于这一点，说实话我非常感谢您的帮助，里卡多·瑞斯*先生。"加里比教授微笑着赞许道，"您在邮局的辛勤工作有目共睹，我想卡利普索一定会非常欣慰的！"

说到这里，米娜想起了伦纳德和卡利普索，从别人的口中，她得知了这两个人都是尤利西斯在那个"伟大的夏天"时代的同伴。伦纳德·米纳索是第一个去阿尔戈山庄拜访尤利西斯的人，后来他成了基穆尔科夫灯塔的管理员，而卡利普索则成了书店以及邮局的店员。在对抗拉里和他的虚幻印地会的过程中，两人先后被捕，并被转移到了

---

* 译者注：里卡多·瑞斯是葡萄牙诗人费尔南多·佩索亚在写给自己的信中所使用的一个假名。在这里，作者用到了这个名字，也许是想要说明有些富有想象力的诗人也来到了基穆尔科夫。

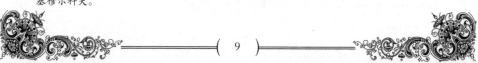

牢笼之岛上。

在临死之前，他们将一封号召所有虚幻世界居民们团结起来，共同对抗印地会的信函交给了肖恩。

希望你们能够尽快赶来，因为我们需要所有人的帮助，如果我们想要获胜的话。这不是一场游戏，而是一场战争，一场十分愚蠢的战争。而且，这种愚蠢的行为已经持续了太长的时间。我希望能够尽快赢得这场战争的原因很简单，因为我想重新点亮这里的灯塔，重新见到海面上各式各样的渔船、商船来来往往的场景，而卡利普索则希望那些聪明的孩子能够重新前往她的书店，买上几本临睡之前的故事书。

这些语句对于米娜来说仍然记忆犹新，因为在这之中存在着一个逻辑上的矛盾：如果说战争是一种愚蠢的行为，而我们又在准备着一场战争的话，那么也就相当于我们在准备做一件愚蠢的事情。话虽如此，但就目前来看，他们似乎也没有别的道路可以选择。

在阿尔戈山庄里，同伴们都在忙着抄写这封信的内容，然后将它们寄往所有的虚幻之地，从结果来看，他们也收到了来自各地的回复。

"那我们也加油吧！"加里比教授嘀咕了一句，"把信拆开，看看他们都回复了些什么。"

"您是说真的吗？"邮局工作人员睁大了眼睛问道。

"那是因为您没有见过我在此之前有多疯狂……"教授微笑着回答说，然后打开一个信封，取出信纸念道，"尊敬的摩尔先生和夫人，非常感谢你们的邀请，我希望了解一下在基穆尔科夫我能够帮上些什么忙，因为我希望能够在这件事情完全解决之前也出一份力。"

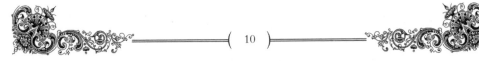

"署名？"米娜问道。

"安托万·德·圣－艾克修佩里。"

"嗯……真的吗？这个安托万是我想的那个安托万吗？"

"我想应该就是他。"加里比教授说完，不忘补充一句，"所有的大人曾经都是孩子，但是他们中的大部分都忘记了这一点。"

"这可以算得上是至理名言了。"米娜想起了自己的父亲，父亲似乎从来就没有理解过她，总是觉得她对文学的热爱根本就是在浪费时间。

谁知道他自己童年的时候是怎样的呢，恐怕连他自己都忘记了。

"可是他不是已经死了吗？"米娜随口问道，她可不希望脑子里的这些杂念干扰到自己的正事。

"谁死了？"

"圣－艾克修佩里。"

"哦，现在看来他应该是没有死。"加里比教授说着，将信递给了里卡多·瑞斯，"您可以给他回一封信吗？让他不用担心来这里之后的安排，并且请他尽快与我们会合……回信不用太长，请记得一定要贴上邮票，不然的话他可能永远都无法来到这里。"

"那这封回信我应该寄往哪里呢？"邮局工作人员问道。

"地址就填写您最后开的那架飞机——闪电号所在的地方，然后把它丢进靠左的那个管道。"

"那就照你说的来做吧。"邮局工作人员有些犹豫地回答说，"我总有一种给自己写信的感觉。"

"不用担心，这里的邮政系统非常靠谱！"加里比教授笑着说。

与此同时，米娜拆开了另一封信，念道："亲爱的阿尔戈山庄的朋友们，我和我的伙伴们准备乘船去你们小镇，有什么需要我们带的吗？"

加里比教授摇了摇头："看看这写的内容，你们想要带什么呢？冰

激凌吗？这可不是邀请你们来参加晚宴！"

"你让我怎么办？这又不是我写的！"

"有署名吗？"

米娜翻过信封看了一眼："汤姆·索亚……"

"果然这种信也只有他这样的人写得出来。"

"怎么？说得好像你认识他一样。"

"难道你不认识他吗？别告诉我说你读过的那么多书里没有一本他的冒险故事！"

"当然读过，当然读过，可是……"米娜摇了摇头，心想加里比教授说的其实也没错，汤姆·索亚，虽然她没有见过本人，但是也算是认识。

女孩将信递给瞪大了双眼的邮局工作人员。

"我也要给他回信吗？是不是只要将信寄往密西西比就可以了？"邮局工作人员问道。

"很好，看来您开始摸清楚这件事情该怎样去做了！"教授拍了拍邮局工作人员的背赞许道。

"嘿！你们该不会就这样走了吧？"邮局工作人员面对着一大堆信件，无奈地问道。

"这里大致的情况我们已经清楚了。"加里比教授回答说，"我们会尽快帮您找些帮手过来的！"

"我这里至少需要二十个人！"

"没关系，我们会给您找更多的人来。"加里比教授打开了邮局办公室的门，外面的广场上一片嘈杂，"不过希望您务必管理好那些人，因为他们相处的时间还不长，可能不一定完全合得来！"

邮局工作人员捋了捋自己的八字胡。

正在这时，一群孩子中的第一个人走了进来，嘴里喊着："这里！巴拉克！你这个笨蛋！"

另一个男孩紧跟在他的身后："我看见你了，卡姆斯！你去哪里？"

"准备干活了！"

"有人见到格朗吉和迪吉了吗？"

"他们应该去面包店里吃甜品了！"

"你给我闭嘴，图勒！"

"没有人能够让一个弗朗斯的战士闭上嘴巴！*"

米娜和加里比教授立刻站到了门的两侧，让开了道路，两个孩子就这样相互推搡打闹着走了进来，站到有些不知所措的邮局工作人员面前。加里比教授摸了摸自己的额头，说了一句："祝你好运，里卡多·瑞斯先生！"

接着，他便和米娜离开了邮局。

两人来到通往阿尔戈山庄的山脚下，这才停下来喘了口气。这时，朗·约翰·希尔弗从黑暗岛带来的几个小男孩推着一辆小推车从他们的身边经过，上面堆着另外几大袋信件。

米娜和他们打了一声招呼，碰巧小车上的一个袋子掉落在了地上，她弯下腰，帮忙捡起袋子，却发现一个信封上有一排熟悉的笔迹。

她本能地拿起信封，放在鼻子前闻了闻，接着她一言不发，立刻向着灯塔的方向跑去。

"嘿！米娜！"加里比教授喊道，"你去哪里？他们还在阿尔戈山庄里等着我们呢！快回来！"

与此同时，那些小孩子将加里比教授团团围住，然后把他和那些装

---

* 译者注：这些都是小说《纽扣战争》中的人物的名字。

信件的袋子一起装到了小车上，并推着小车向着山上跑起来。车上的信件撒落一地。

"当心，当心！"加里比教授惊呼道，"到底是谁教你们这样做事的？"

答案显然是不言而喻的：他们的师傅不就是一个海盗嘛！

当加里比教授站在小车上被推着向阿尔戈山庄前进时，米娜则心情激动地跑向灯塔，她想到了灯塔的管理员伦纳德·米纳索，她想到了这座曾经指引过无数船只进出基穆尔科夫港口的灯塔，现在即将成为反抗军对抗拉里和他的虚幻印地会的一盏明灯！

第三章

二十岁的船长

年轻的船长有时候
需要听听老船长的建议。

康纳站在停满了船只的码头边，两眼一直盯着鹦鹉螺号。它实在是太美了！如同一支雪茄一般的船身，长度约为七十米，宽度最多不超过八米，这些尺寸是尼莫船长刚刚给他的，凭借着这些信息，他觉得自己都快能够计算出这艘潜艇的表面积了。

"不过这种事情最好还是交给米娜来做……"康纳自言自语道，他十分清楚自己这位小伙伴的长处。

"不管你们怎么看，我反正觉得大海最美丽的地方还是海面，而非水里。"朗·约翰·希尔弗在一边摇了摇头说道，"换作是我的话，宁愿死了也不想钻到那玩意儿里面去。"

"但是你口中的这玩意儿可是救了我们的性命。"康纳强调说。毕竟当普罗米修斯号沉没的时候，是这艘铁家伙一个接着一个地将他们从水中救了起来。

"这艘潜艇最大的优点就是它根本不惧怕暴风雨，同时也无须依靠风来提供动力。"站在两个人身边的尼莫骄傲地说道，"它完全可以按照你的指令来行动，而我只是命令它跟着你们的墨提斯号而已。"

"所以你跟踪我们有多久了？"康纳问道。

"大概几个星期吧。"尼莫回答说。

"是从 Z 之岛那里开始的吗？"

尼莫船长点了点头："要不是我把你们撞到了 Z 之岛的话，你们在那场风暴里就全部完蛋了……"

"这样的话，我们也就无法找到尤利西斯了。"康纳补充说。

尼莫船长没有接话。

"难道你能够预见到所有的事情吗？"康纳又问道。

"我只会花心思在我感兴趣的事情上。"尼莫回答说。

"可是即使你把我们从暴风雨中救了出来，我们也有可能在岛上被

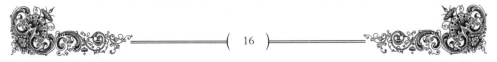

那些食人族给吃掉啊……"

"那也比死在暴风雨里强……"尼莫有些忧郁地说道，令人感到他似乎是有所指，"相信我，这一切都……太不正常了。"

他眺望着远方，看着远处的蓝色之海，朗·约翰也用手挡住阳光，和他看向同一个地方。

"他们就在那里！"尼莫忧心忡忡地说道。

"可是我连艘船的影子都没看到。"朗·约翰回答说。

"我也没有看见，但是我知道，他们就在地平线的后面。印地会的军队收到的指令是一旦找到了基穆尔科夫的位置就立即组织进攻，据我所知他们应该早就发现这里了。"

"那他们为什么还没有开始进攻呢？"朗·约翰问道。

"因为他们做不到。"康纳回答说，"如果要来这里的话，他们首先需要一件属于基穆尔科夫的物品。"

"所以如此庞大的一支军队，那么多人……就没有一张基穆尔科夫的邮票吗？"朗·约翰有些难以置信地问道。

"这只是一个时间问题，也许几天，也许就几个小时，一旦条件成熟，他们便会乌压压地出现在我们的视线里。"尼莫低声说道。

朗·约翰对着鹦鹉螺号的船长努了努嘴："那你呢，尼莫？你又是怎么抵达这里的？你身上带着什么了吗？"

"我没有带着某件物品，而是一个人，那个红头发的小子。"尼莫回答。

"是瑞克！"康纳说完，朝着山顶上的阿尔戈山庄望了一眼。

瑞克·班纳自从在上一次任务中被虚幻印地会抓住之后，便被关进了城堡中，多亏了杰奇尔夫人，他才得以从那里逃离出来，但是与此同时，杰奇尔夫人却和他玩起了猫捉老鼠的游戏，并将其逼上了绝路。当

他面对着杰奇尔夫人的狼群和悬崖下方冰冷的海水时，年轻的船长毫不犹豫地选择了后者。就在他万念俱灰，以为这次在劫难逃的时候，却神奇地被鹦鹉螺号救了起来。

"不能让这里的任何人出海。"尼莫说道，"印地会的军队就在等着这个机会，一旦他们得到了你们这边的某件物品或是某个人的话，他们会立刻发动进攻。"

不知为何，康纳突然留意到尼莫船长说话的时候用的是"你们这边"，显然，尽管他已经脱离了印地会，但是至今仍然没有完全把自己当成反抗军的一员。

所以，就目前而言，他还不能算是一位真正的盟友，只能算是一个不按常理出牌的"小兵"，一个完全按照自己意志来行动的独立元素。

康纳所知道的就是几个星期之前，鹦鹉螺号是按照印地会和拉里的指令才来跟踪他们的，不过就目前看来，他确实已经脱离了印地会。

那么，他的目的到底是什么呢？

康纳不知道。

事实上，在阿尔戈山庄的反抗军核心人员之中，确实有不少人认为需要对新来的这些人保持戒心，不仅仅是尼莫，还有那些从四面八方赶来的人：他们之中包括朗·约翰叫来的海盗朋友，还有那些从牢笼之岛上逃出来的囚犯，以及那些顺应伦纳德和卡利普索那封信的号召而赶来的人们。这些人之中不乏大名鼎鼎的人物。

"不过你们千万别以为躲在这里就能够万事大吉了，"尼莫继续说道，"这只是一个时间问题，什么时候风向一变，战火就会立刻烧到这里，而当那一刻来临的时候……"

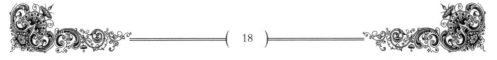

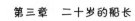

"我们会拼尽全力，把他们赶走的！"康纳握紧拳头，坚定地说。

"你们都会没命的。"尼莫冷冷地说道，仿佛是在谈论一件和自己没有半点关系的事情一样。

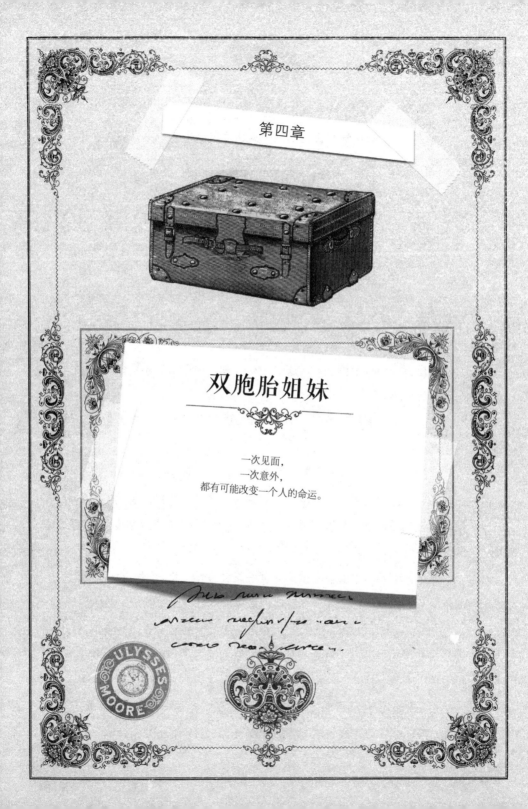

第四章

双胞胎姐妹

一次见面，
一次意外，
都有可能改变一个人的命运。

肖恩根本无法冷静下来。

他无法接受穆雷自己一个人出发的事实，这家伙竟然对谁都没有说，连自己都没有告诉。

不过，肖恩倒不是特别担心，毕竟他在牢笼之岛亲眼见到了这个好朋友的力量——地震、飞沙走石、狂风以及时光之门的凭空出现，如同他在某些超级英雄的电影里看到过的那样。

每当想到这里，肖恩就不停地告诉自己，他从小就认识这位好朋友，而且从一开始他就知道穆雷绝对不是一个平凡的男孩。对于肖恩来说，穆雷就是一个天才。而现在，他需要做的就是问一下自己，到底可以为朋友做些什么？

像穆雷一样折断钢铁？像康纳一样驾驶墨提斯号？还是像米娜一样充满智慧？

这些事情肖恩都不擅长，不过他也有自己的长处，他有着超越常人的直觉。

他第一次见到墨提斯号时便有种感觉，仿佛那艘船在颤抖，在低语，在歌唱一样。如果当初他们没有意识到这一邀请，如果当时他们因为害怕而退缩的话，那么这有可能将是他们一生中犯下的最大错误。毕竟，像这样的机会，在人的一生中都不一定会出现一次。

如果他们没有出发冒险的话，现在又会在什么地方呢？也许在康纳的依塔卡上打电玩，又或者在港口他最喜欢的长凳上看着往来的商船。

"啊！"肖恩自言自语道，"或许这也会是一种选择，一种普通人的选择，就如同那些为了避免新买的沙发变旧而舍不得撕下沙发上那层塑料保护膜的人一样。"

但是他们没有意识到所有的物品终有变旧的那一天。变旧，舍弃，换新，如同教授原来居住的那幢房子那样。

　　世间万物都是在这样一个过程中完成新旧交替的，即使是虚幻世界也不例外。

　　肖恩坐在阿尔戈山庄里那扇时光之门前，问着自己各种奇奇怪怪的问题，心中却期盼着面前的这扇木门能够突然咯吱一声打开，然后穆雷从里面走出来，对着自己说"嘿，肖恩"或者是"我们走，快点"。

　　如果真是这样的话，他可能根本就不会问要去哪里，干什么，为什么，而是简单地跟上自己的伙伴，因为他相信穆雷的判断。

　　这种信任能够让他把自己的一切托付给对方。

　　从别的房间里传来了一阵说话的声音，此时的阿尔戈山庄比以往任何时候都热闹，各地的英雄豪杰纷纷来到这里。肖恩站起身来，准备过去看个究竟，就在此时，他似乎听见了一阵声响。

　　是木门发出的声音，铰链在转动，门锁里传出窸窸窣窣的响声。

　　地板开始轻微地震动起来，随即，时光之门突然打开了。

　　肖恩既惊讶又欢喜，他张开双臂，准备迎接自己的伙伴。

　　突然，他停下了动作！

　　因为面前站着的并非穆雷，而是一个女人，身材高挑修长，一袭紫色的皮衣勾勒出她完美的曲线，唇膏和眼影的颜色更是衬托出她的美貌与性感。

　　是海德夫人！

　　当时就是她，乘坐着一艘印地会的战舰，出现在里昂尼斯，并试图阻止反抗军找到航海图的绘图师。此后，当她再次出现在黑暗岛的时候，却身陷火海，最后被穆雷所救。当她问男孩为什么要这样做的时候，没想到男孩只是简单地说了一句他觉得在做一件正确的事。这一举动令海德夫人开始反思自己一直以来的所作所为到底是正确的还是错误的。

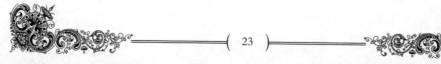

"所以这扇门就是这么用的吗？"海德夫人用手捋了捋自己一头金黄色的头发，问道，"只需要推开木门，然后穿过去对吗？"

肖恩本能地向后跳了一步，伸手握住了配在腰上的手枪。

"你在这里干什么？"

"这个问题难道不是应该由我来问你的吗？"

海德夫人向前迈了一步，走进了山庄里，然后她又转过头去，像是要确认一下自己没有遗忘什么东西一样。

伴随着一声闷响，沉重的木门在夫人的身后关上了。她对肖恩微微一笑，像是在等着某个问题的答案一样。

"所以呢？你能告诉我穆雷在哪里吗？"海德夫人单刀直入地问道，仿佛这就是她的权力一样。

"你站在那里别动！"

"不然的话呢？"

海德夫人四下里看了看，将手伸进了自己随身携带的那个黑色皮包里。

"别动！"肖恩举起手枪，大声命令道。他希望山庄里的同伴们能够听见他的声音，赶过来帮助自己。

海德夫人是如何穿过这扇门的呢？她在黑暗岛，而这扇时光之门应该是单向的，也就是说只能够从阿尔戈山庄去到别的地方才对……

如果，这扇门变成双向的话……

"冷静，肖恩，冷静下来。"

他想起了尤利西斯曾经解释过时光之门的运作机制，这扇门确实可以说是双向的：如果在门打开之后这边有四个人穿过去的话……那么从另一侧也可以有四个人过来。

所以他们上次一共过去了几个人呢？

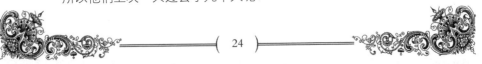

一个，两个，三个……

"你先别动！"肖恩大喊道。

海德夫人似乎并不着急："别担心，我只是想喝口水而已，没关系，我等着就是了。对了，你的爸爸和妈妈在家吗？"

"你是认真的吗？"

"当然不是，我就是想缓解一下你紧张的情绪而已，这里是你家吗？"

"不是。"男孩握紧手枪回答说。

"那这里只有你一个人吗？"

"你可以自己看看。"肖恩向窗外瞥了一眼。此时此刻，阿尔戈山庄的院子里热闹非凡，那些从牢笼之岛逃出来的囚犯全部聚集在此。

"这里好热闹哇！"海德夫人淡淡地说道。

"所以你到底来这里干什么？"

海德夫人从窗外收回了视线，深吸了一口气，仿佛在回答一个非常麻烦的问题："是来警告你们的吗，还是出于好奇，又或者是因为太无聊了？"

她看了面前的男孩一眼，继续说道："印地会已经找到了基穆尔科夫的位置。"她的语气十分平静，完全看不出来这到底是一种危险，还是一种警告或是提醒，"现在，那个令人作呕的奎普，也就是拉里的总参谋，已经下令让黑暗岛的工厂全力开工，生产……该怎么对你说呢……复制军队了……"她举起双手朝向天空，"那里的景象，真是完全无法用语言来形容啊！"

"你不是说得挺清楚的吗？"

"倒是你，一直用那把枪指着我，是在逼我杀了你吗？"

肖恩立刻紧张地抓住手枪。

"如果我想要杀了你的话，你一定来不及扣动扳机的，小伙子。"

"也许吧，不过谁知道呢？"肖恩回答。

"你和穆雷真是完全不同的两个人呢……"她继续说道，"对了，你还是不打算告诉我他在哪里吗？"

肖恩缓缓地点了点头。

海德夫人耸了耸肩。

"随便你吧，不管怎么说，我不用你的帮助也能找到他。替我向你的伙伴们问好……祝你们好运。"

说完这些，海德夫人转身准备离去。

"等等！"肖恩喊道，"为什么要这样做？"

"做什么？"

"为什么你要告诉我这些消息？"

"你是说他们找到基穆尔科夫位置的事情？"

"没错，你到底是哪一边的？"

海德夫人微笑着摇了摇头，她的手抚摩着墙壁上黑白照片的相框，说道："小伙子，我站在胜利者的这一边，不过……我不喜欢欠别人的人情，而碰巧穆雷曾经帮过我一次。"

"我可不这样认为……"

"这样说来你的小伙伴没有告诉你所有的事情呢，也许他也没有那么信任你……"

"闭嘴，你根本不了解我，也不了解穆雷。"

海德夫人根本没有回应肖恩的话，继续说道："穆雷曾经救过我的性命，所以我欠他一个人情。"

"我说的不是这件事情。"肖恩冷笑着说。

海德夫人挑了挑眉毛。

"我指的是我不认为你能够站在胜利者的那一边。"肖恩补充道。

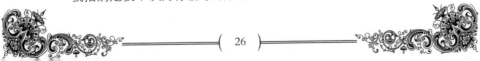

"说得好！"海德夫人嘀咕了一句。

说完之后，她再次跨进门里，轻轻地关上了门，如同一阵风一样，消失不见了。

"就在几天之前，还没有人能够打开这扇木门……"肖恩自言自语道。他紧盯着已经破损的门锁，在穆雷之前，钥匙才是唯一打开时光之门的方法，而随着穆雷的出现，似乎所有不可能的事情都要被重新定义了。

他想和自己的小伙伴好好聊一聊，但是却不知道穆雷现在在什么地方。

"该死……"他咒骂了一句，"该死！"

他得尽快告诉尤利西斯这件事情。

他们已经找到了这里的位置。

他们马上要来了。

对方在人数上有着压倒性的优势。

肖恩立刻冲出了房间，不过他可能没有注意到，和那个女人一起消失在门后的，还有其他某些东西。

第五章

银色的照片

如果重要的聚会不邀请老板的话，
他是会生气的。

拉里几乎将自己的卧室翻了个底朝天。他的床倒在地上，衣柜也是，里面的衣服散落得到处都是。

"看见了吗，韦斯克斯？"首领说道，"知道惹我生气的后果有多严重了吗？"

那只可怜的布偶兔子躺在卧室一侧的墙角，脖子的地方已经破开，里面的填充物露了出来，一只眼睛几乎已经掉下来，仅仅依靠一根线拉扯着。

"但其实我并不想生气！"首领继续说道，"我一点儿都不想生气！"

他深吸了一口气，来到窗边，向外看去。在他的一侧是一望无际的冰雪平原，另一侧则是一片白色的海岸，如同一张撕碎的白纸插入深蓝色的大海之中。伴随着凛冽的寒风，阳光令人感受不到丝毫温暖，在远处的海面上，孤独的冰川在暗流的推动下缓缓移动着。

"我太喜欢寒冷了，韦斯克斯。"首领慢悠悠地说道，"我太喜欢了。"

他面对着海面上的冰川又补充道："别以为事情就这样结束了，穆雷！这才刚开始呢，我会亲手把你和你的伙伴们送进地狱！你大概还不知道，一切都在按照我的计划进行着……是的，我的计划，你知道吗？"

拉里突然转过头来，对着韦斯克斯，一脸不乐意地问道："你觉得他会明白吗？不会，对吧？我也是这样想的。这个叫穆雷的没那么聪明。"

这时门外传来了一阵敲门声……

然后停顿了一下……

拉里迅速将双手插进口袋里，避免让别人看出他的手在颤抖，回应道："进来！"

一个满脸油腻、留着发亮的八字胡、一身黑衣的男人走了进来，一同进入的还有那只与他形影不离的黑猫贝赫莫特。黑猫跨过躺在地上的布偶兔子，直接跳到了床上，沃兰德则站在门口，看着室内乱糟糟的景

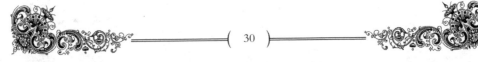

象，一言不发。

拉里也没有同他打招呼，因为此时此刻，他的内心深处突然又燃起了一股无名火。

"他竟然也可以！"最后还是拉里率先打破了沉默，"穆雷竟然拥有和我相同的能力！和我相同的能力！"

"先生，您能先等我把话说完吗？"

"等你把话说完？难道我等的时间还不够长吗？穆雷竟然有着和我相同的能力，利用想象力，创造和改变这个世界，这种能力应该只属于我才对！他竟然在牢笼之岛上打开了一扇时光之门，还救走了那里所有的囚犯，毁掉了我的普罗米修斯号！谁知道他会不会也搞一支军队出来呢？就像我一样，利用那些塑料玩具士兵！这样可不行！沃兰德！我们不能让他得逞！"

拉里弯腰从地上捡起了兔子，然后将脖子处露出来的填充物再塞回去，说道："对不起，韦斯克斯，虽然这件事和你没有什么关系，但是我一看到你就忍不住生气……"

沃兰德站在门口，显得有些尴尬，对于首领的脾气他实在感到有些捉摸不透。

"奎普先生那边有消息了，他说他能顺利完成任务。"沃兰德淡淡地说道。

拉里抬起头，眼神中闪过一丝复仇的光芒。

"说详细点。"

"黑暗岛的发电厂那边日夜赶工，所以我们的武器能够比预期的提前完成……"

"你说的是……哥格和玛格？"

"是的，先生，不久之后，这两个巨人就能出发前往基穆尔科夫和

大部队会合了。"

拉里的脸上露出了一丝笑容。

他从小就有一个梦想，希望能够令泰坦巨人听命于自己，而在此之前，他所能做的仅仅是利用自己小时候一直玩的那些塑料玩具士兵来复制出和常人差不多体形的士兵。但是这次不同了，这些巨人可不是一般士兵可以比得上的，就连穆雷也不一定能够在那么短的时间内想象出如此厉害的人物。

"看来我的军队里增添了两员大将啊！"他自言自语道。

"是的，而且随时准备向基穆尔科夫进发。"参谋沃兰德补充道。

"可是这又有什么用呢？"拉里尽量掩饰自己高兴的情绪说道，"因为我们还不知道怎样才能抵达基穆尔科夫。"

他哭丧着脸，如同一个真正的小男孩一样。

直到这时沃兰德才关上了身后的房门，坐到了床上，贝赫莫特的身边。

"我来这里主要就是为了这件事情。"沃兰德说道，"但是我可能需要您的帮助，请集中注意力，回想一下牢笼之岛发生的事情。穆雷是怎么抵达那座岛屿的？"

"可是这又有什么关系呢？"

"当然有关系，我们可以以彼之道，还施彼身。"

"但是他是乘坐唯一一艘认识航线的船抵达岛上的。"拉里说道。

"哪艘船？"

"我的那艘普罗米修斯号。"

"那请问一下现在那艘船在什么地方呢？"

拉里摇了摇头："我也不知道，大概已经沉入海底了吧。要是沉没的是那艘墨提斯号该有多好。"

是的，墨提斯号是唯一一艘能够自己找到基穆尔科夫位置的船。

"既然是这样，先生，我们不妨退一步思考……在您看来，穆雷是怎么找到普罗米修斯号的呢？"

"他们抵达了珍珠之城，并在那里上的船。"拉里机械地回答说，也不清楚沃兰德的葫芦里到底卖的什么药。

床上的贝赫莫特转头舔着自己的尾巴。

"那他们是怎么找到珍珠之城的呢？"沃兰德再次问道。

"这个我就不清楚了！"拉里有些不耐烦地说，"那座城市所有的口岸都有人守着，城市里有 100 多名士兵，而且也没有桥梁或是……"

说到这里，他突然停了下来。

"所以他们是利用时光之门过去的。"他缓缓说道。

沃兰德站了起来，看着首领。

拉里与他四目相对。

"所以你想要告诉我什么呢？"

"我想以您的聪明才智一定能够想到，因为只要有人从时光之门的一侧穿越到另一侧……"男人继续说道，"那么在另一侧有相同的人数穿越回去之前，这扇门是不会关闭的，不是这样吗？"

"在我来这里把这些门关上之前应该是这样的，"拉里低声说道，"但是在此之后穆雷又打开了它们。"

说着，他咬紧了牙关，因为拉里仿佛亲眼看见了穆雷就在他的面前重新打开时光之门，拯救了伙伴，并且打通了通向各处通道的景象。穆雷有着和他相同的能力，不，也许更在他之上。这种能力与生俱来，只不过穆雷暂时还缺少经验，所以还无法自由地使用自己的能力而已。

"所以，我猜测，他们在牢笼之岛之前，前往黑暗岛也是用的相同的方法，难道不是吗？"

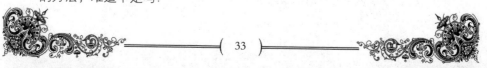

"风……"拉里嘀咕着，"每次只要我感受到了风的出现……那一定就是他在捣鬼，是他打开了时光之门。"

穆雷之风……

"是的，先生，所以我就有了一个猜想，并且让手下去印证了一下这些时光之门是否仍然能够打开。毕竟，怎么说呢……珍珠之城是您的重要据点，而黑暗岛则是您的兵工厂……"沃兰德缓缓地说道。

"然后呢？"拉里问道。

"在经过了不懈的努力之后，先生……我们终于找到了其中的一扇……然后……我们发现了这个。"

他将手伸进了口袋里，掏出了一个小巧的银色相框，照片上可以看见两个相互拥抱的人。

"我不是很明白。"拉里说道，随即，他认出了照片上的一个人。

"是尤利西斯？"他睁大眼睛问道。

"以及他的夫人。"沃兰德补充说。

"这张照片你是在哪里找到的？"

"这才是问题的关键，先生。"沃兰德微笑着说，"我们是直接在阿尔戈山庄的客厅里得到它的，是的，尤利西斯的家里，基穆尔科夫！"

拉里接过了相框，将它紧紧抓在手上。

"所以我们现在就获得了一件属于基穆尔科夫的物品……我们找到了前往基穆尔科夫的钥匙！"他冷冷地说道。

"是的，先生，钥匙现在已经在您的手上了，那么，如果您想要将巨人派过去的话……"沃兰德继续说道，"只不过……我希望您能够记得这件物品是谁找到的。"

"是谁？"拉里问道。

沃兰德深深鞠了个躬，微笑着说道："当然是您最忠诚的参谋我呀！"

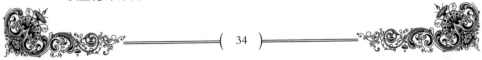

　　拉里看着手中的相框，显得有些难以置信，事情真的那么……简单吗？

　　"我要把他们彻底击败，"他说道，"然后全部扔进海里喂鱼！"

　　"他们完全是罪有应得，先生！当然，他们也许会祈求您格外开恩，发发善心……"

　　"善心？好人才有善心，"拉里说道，"而我们肯定不是好人！这点难道还需要我来提醒你吗，沃兰德？"

　　"当然不需要，先生，我很清楚自己站在哪一边，并且愿意为了您的复仇计划鞠躬尽瘁。"

　　拉里双眼扫视了一圈房间。

　　"复仇？是的，这个用词很准确……"他嘀咕着，"他们需要为之前在黑暗岛和牢笼之岛的所作所为付出代价！"

　　"是的，他们会为了不曾邀请我们去基穆尔科夫而后悔的，先生。"沃兰德抚摩着贝赫莫特有些扎手的毛补充说，"毕竟我们为他们做了那么多事……"

第六章

战争

一帆风顺的旅途从来都不存在。

尤利西斯走在海峡灯塔边上的野营帐篷之间，他眺望着远处的海平面，努力尝试着忽略灯塔的存在。对他而言，挚友的死亡确实是一件无法接受的事情。

泊涅罗珀轻轻拍了拍他的肩膀，没人比她更懂得如何去安慰自己的丈夫，甚至都不需要说一句话。尤利西斯转过头来，看着爱人。

"我相信如果他知道的话，一定会为我们正在做的事情感到骄傲的。"泊涅罗珀说道。

"说实话，有时候我觉得他还没有离开我们，而是一直站在灯塔的最上层。"

尤利西斯抬头望向灯塔的顶端，仿佛仍然能够看见老朋友的身影，虽然他自己也清楚这完全就是幻觉，不过对于这种幻觉，尤利西斯格外珍惜。每当有亲朋好友离世的时候，此后的几个月里，他总是会幻想着那些人仍然在自己的身边，做着曾经做过的事情，仿佛什么都没有发生一样，尽管他也很清楚自己期待的一切只不过是异想天开而已。

"好了，振作起来。"泊涅罗珀说道，"该做事了。"

在距离两人不远的地方，林立的帐篷中间，有一小片空地，那里摆放着一张桌子，工作人员正在统计基穆尔科夫原来的居民以及新来人员的数量。

帐篷里外随处可以见到一些收音机，全都调到了基穆尔科夫反抗军广播电台的频道上。在灯塔的最上层，玛格丽塔和其他一些同伴正在轮流朗读着虚幻之地不同港口之间流传的故事。

从牢笼之岛逃出来的那些囚犯还有从各地来到基穆尔科夫的志愿者们聚集在一些餐桌周围，一部分身穿游击队队服的人正在为他们端上食物。其他刚抵达的人则在桌子上填写着一份份包含姓名、居住地、职业以及特长的表格。

"别急！别急！一个一个来！"布拉达曼对挤在她身边的人群喊道，"还有你！别碰我的剑！"

尤利西斯和泊涅罗珀走了过去，人群自觉地在中间让出了一条通道。

"快看！是尤利西斯夫妇！"

"泊涅罗珀！"

"就是他们领导着反抗军！"

"我们支持你们！"

人群自发地开始鼓掌。随后，这些人又立刻忙于自己的事情，整个营地几乎见不到一个闲散的人。

"情况怎么样？"泊涅罗珀在见到了肖恩的父亲之后问道。肖恩的父亲曾经是一位出色的建筑工人，此时的他正忙于营地里设施的搭建。

"进展顺利！"他回答，"尽管我觉得这里的许多人都需要好好学学应该如何待人接物，而不是简单地换一件新衣服。"

正在这时，一位眼睛上绑着绷带的海盗取走了一套衣服，然后当着众人的面开始换了起来。

"伙计！"尤利西斯半开玩笑地说道，"我们得稍微注意一下形象，毕竟这里还有女士在场呢！"

这位海盗回头一笑，露出残缺不全的牙齿，然后拖着穿到一半的裤子，一蹦一跳地走向不远处的帐篷，还没走多远，只见他一个趔趄，摔倒在地，引发众人一阵哄笑。

尤利西斯有些无奈地摇了摇头，转头望向从灯塔脚下延伸出去的小镇。

基穆尔科夫看上去重新恢复了生机。事实上，许多牢笼之岛的囚犯原本就是这里的居民。在查帕夫人的努力下，查帕面包房重新开始营业，贝拉威尔先生腾出了自己的古董店，一位新的医生带着两位助手接管了

鲍文医生的诊所，还对其做了扩建，现在每天早晨他的诊所外面都会排起长队，因为据说这位医生利用人参、咖啡籽、梅子干和芦荟树叶研发出了一种能够迅速让人恢复元气的药物。

与此同时，风之旅店的老板、班纳夫人、库珀先生、镇长先生以及学校的几位教师也都回到了镇上。他们立刻着手给新来的反抗军同伴们进行一些基础知识和语言的普及，以便于反抗军内部的交流。尤利西斯看见就在距离他不远的地方，几位特殊的学生正在努力学习着，其中包括朗·约翰和他带来的两个孩子、三个缺少几颗牙齿的海盗（他们甚至连自己的名字都不会写），以及一位名叫阿斯多佛的骑士。

那些从牢笼之岛逃出来的基穆尔科夫居民也大都回到了自己的房子里，窗台上重新摆上了花盆，墙壁粉刷一新，屋顶也修缮过了。一切似乎都在向着好的方向发展。当然，战争的阴影仍然笼罩在小镇上方，沙滩上时不时地可以见到巡逻的反抗军战士，还有像塞鲁斯·史密斯这样的学者正在清点武器库存。总的来说，基穆尔科夫的居民们更像是在筹备一场巨型音乐会，而非一场血腥的战争。

对尤利西斯来说，能够见到街道重新充满活力当然十分开心，这也是眼下最能够令他感到欣慰的事情了。

"尤利西斯！尤利西斯！"一个声音突然传来。

尤利西斯和他的妻子转过头来。

一个深色皮肤，一头长发，有着一双美丽大眼睛的女孩正沿着街道从小镇方向飞奔过来。当她来到夫妇二人面前时，已经上气不接下气了。

"你还好吗，米娜？"尤利西斯问道。

女孩点了点头，扬了扬手上抓着的信封："您的信……到了。"

"我的？是谁寄来的？"

"是穆雷。"

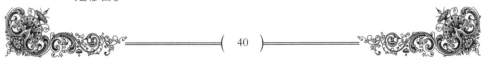

尤利西斯吃了一惊，他接过信封并打开，迅速浏览了一下信件的内容。

"信上写了些什么？"米娜和泊涅罗珀几乎同时问道。

"我的天哪……"尤利西斯嘀咕着。

"所以他到底说了些什么？"另外两个人迫不及待地问道。

尤利西斯深吸了一口气，开始轻声念了起来：

亲爱的伙伴们：

希望你们能够及时收到此信，不用由于担心我而来找我。这次旅行我希望由我自己一个人来完成，因为有些事情我总算有些头绪了，关于我自己，关于拉里·哈斯利，还有他所做的所有事情。我想我可能找到了战胜他的方法，但是不确定需要多长时间，对于我来说，距离已经不再是问题，因为我可以随意打开时光之门，食物与金钱同样也不是问题，我自己可以想办法解决。虽然我还不是太习惯拥有这种心想事成的能力，不过总比没有要好。我在牢笼之岛见到的那位时光之门的建造者已经大致和我说了一些需要注意的事情。

说实话，能够随意创造出东西的能力并没有让我感觉到更幸福，对于我来说，这反而成了一种负担，因为我身上肩负着比以前更为重大的责任，尽管或许在外人看来，这种能力很令人感到美慕。

创造者永远是孤独的，所以我决定一个人出发，我相信尤利西斯先生一定会明白我的心情。

我的心里时刻都想念着你们所有人，我知道你们正在尽全力保护基穆尔科夫。

请一定守住这个小镇！

请一定坚持住！

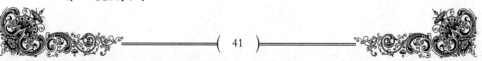

我相信最后的胜利一定是属于我们的。

是属于我们的，而不是属于我一个人的。

因为一个固执的独裁者永远都不可能获胜！

祝愿各位平安！

我与你们同在！

穆雷

在念完整封信之后，尤利西斯将它折起来放好，摇了摇头。

"哇哦……"米娜自言自语道。

所有人都一言不发，似乎还没有从这令人震惊的消息中缓过神来。

"怎么了？"泊涅罗珀开口问道，"你在想什么？是有什么害怕的事吗？"

"不，"尤利西斯说道，不过他立刻又补充说，"不过我担心穆雷会因为自己掌握的能力而做出一些过于冲动的事情，尽管这些事也许只有他能够做到。"

"您说的是什么意思？"米娜问道，"我有些听不明白。"

"敢于冒险是一把双刃剑，不过也只有他自己才知道想要干什么。"

"在信中他说已经找到了方法……"米娜说道。

"那要看他找到的方法是否可行了，"尤利西斯提醒说，"不过，伙伴们，不用过于担心，因为即使我们在这里想破了头，也是于事无补的。"

"我看你自己的脸上倒是挂着一副忧心忡忡的表情。"泊涅罗珀说道。

"我记得我的父亲曾经告诉过我，让我不用担心未来才会发生的事情。"

"既然穆雷在信里说他已经找到了方法，我想他应该不是开玩笑的。"米娜说道。

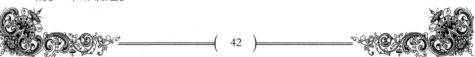

"我可不这样认为。"尤利西斯回答说。

"为什么呢？"米娜问道。

"因为此时此刻，我们需要一些玩笑来缓和一下紧张的气氛……"尤利西斯吸了口气说道。

第七章

巨人

其实，
创造出巨大的东西和
创造出微小的东西费的工夫差不太多。

黑暗岛和穆雷离开的时候相比几乎没什么变化，不，或许变得更糟糕了。他坐在一棵棕榈树的顶端上，俯瞰着眼前这座荒凉的城市，在拉里将这里变成虚幻印地会军队的驻扎地之前，这里被称为"太阳之城"。

黑色的热带丛林在昏暗的月光下显得死气沉沉，波光粼粼的河流渐行渐远，逐渐变成了肉眼难以辨别的沼泽。远处，依稀能够辨认出原本的村庄的模样，在经历了一场大火之后，一切仿佛都失去了生气。

然而，那座工厂仍然是一片繁忙的样子，两根高耸的烟囱割裂开地平线，向空中吐着黑烟。偶尔可以看见一只乌鸦或是秃鹳从树林中飞出，然后再次一头扎进茂密的树叶之间。

看上去这里似乎并没有什么异常。

"很好，"穆雷自言自语道，"是时候该干点儿什么了。"

他沿着树干滑到地面上，然后走进树林，小心翼翼地前进着，以免陷入沼泽之中。

空气潮湿而闷热，无数蚊虫似乎都聚集在树林里，等候着猎物的出现。穆雷贪婪地呼吸着空气，已经顾不上蚊叮虫咬和沼泽地散发出的腐臭气味。尽管已经拐过了好几个弯，但和工厂之间的距离看上去并没有缩短，按照这个速度，他至少还需要一个小时才能抵达那里。

最终，在经历了一段有些狼狈的徒步之后，工厂终于出现在他的面前。他躲在树林的边缘地带，距离那座巨大的建筑大概几十米的样子。

"你到底在不在这里呢，伙计？"穆雷嘀咕着。

在这个位置，他可以清楚地看到无数根铁轨从工厂里延伸出来，在河边交织成一张错综复杂的网络，一直连接到矿井，装满了煤炭的小车在那里进进出出，异常忙碌。厂房内传出震耳欲聋的轰鸣声，连四周的

红砖墙都在不停地颤抖。在河流的另一侧，港口如同一片墓地一样，虚幻印地会船只上的灯光如同星星点点的鬼火一般，令人不寒而栗。

正当穆雷思索着接下来该如何行动时，从一侧的厂门口走出了几个拉里安排在这里的刽子手，他们迈着有些奇怪的步伐，一路上吵吵闹闹地走向港口。乍一看这些人似乎并不像想象中那么可怕，反而有些可笑，不过当穆雷注意到他们的眼神、满头的青筋以及手里握着的弯刀时，他立刻意识到这些人其实根本就没有人性，更像是一台台只知道服从命令的杀人机器。

穆雷躲在树荫里，希望再等一下，以确定这里是否还会有别的敌人出没，随后他猫着腰，来到了一辆装满了煤炭的小车后面。从这个位置，他得以一窥工厂的内部，只见一口巨大的熔炉冒着火光，吞噬着所有的金属，用以铸造武器。

穆雷小心翼翼地来到了围墙边上，时刻注意着任何可疑的动静。空气中充斥着刺鼻的油污气味，似乎提醒着人们工厂里的死亡机器正在一刻不停地疯狂运转着。

在钻进围栏之后，穆雷来到了工厂里的一处宽敞车间，只见房间的中央矗立着一根巨大的立柱，大约二十米高，三米宽，正在有节奏地上下移动着。伴随着它的运动，四周的皮带也开始转动起来，并带动一个布满油脂的巨大齿轮不停地旋转着。齿轮、皮带和钢铁零件所发出的声音交织成了一首低沉的交响乐，使得黑暗岛的工厂给人一种无形的压力。

然而，就在此时，穆雷见到了更加令他瞠目结舌的景象——在厂房忽明忽暗的灯光之下，两个巨大的人形怪物分别站立在厂房中央齿轮的两侧，一动不动。它们的身高不下十米，看上去更像是两只大猩猩而非人类。它们的脑袋镶嵌在身体上，肩膀和后背的肌肉令整个身体有些前

倾，身上的皮肤看上去如同烧煳的橡胶一样呈现黑色，同时还散发出刺鼻的气味。总之，这两个东西绝对不是存在于自然界里的物种。

穆雷感到有些眩晕，身体晃动了一下，险些摔倒。

"很壮观，不是吗？"这时，突然一个声音在他的身后响起。

穆雷猛地回过头来，只见一个脸上堆满了奸笑的男人站在那里，身高如同一个小矮人，身体单薄且有些畸形，而且每一个细节都显得格外突兀——长长的手指，突出的指关节，有些浮肿的红色嘴唇，眼神无精打采却令人感到浑身不舒服。

"很可怕。"穆雷的嘴里蹦出了几分钟之前他就想说的话。

"难道这些话不是同一个意思吗？很壮观，很可怕，很神奇，很震惊……"

"事实上它们并不是同义词。"

"嚯嚯嚯……"小矮子耸了耸肩，似乎还有些得意的样子，"我觉得这只是每个人看待事情的角度不同而已。"

"看来我们在这一点上确实无法达成一致了。"穆雷说着，警惕地看了看四周，担心工厂里还有别人。不过，令他有些意外的是，这里确实只有他们两个人。他吸了口气，问道："你是谁？"

"你还真是好意思问啊，在这里难道不应该是我来提这个问题吗？不过，我想我已经知道答案了，你就是穆雷！你所带来的风令我的主人都在颤抖……不管怎么说，嚯嚯嚯……我的名字叫奎普，是一名参谋，当然，我是不会为你参谋任何事情的。"

穆雷并不为这些言语所动，而是暗自记住了这个小矮子的名字，同时尽量顺着对方虚伪的话语，希望能够获取更多的信息。

"那请问一下……这些是什么呢？我都不知道该怎么形容它们。"

"这两个巨人的名字分别叫哥和玛，它们是我主人最伟大的创造！"

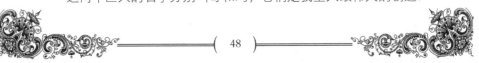

"拉里吗？又是他干的……"穆雷冷冷地哼了一声。

"是拉里先生，你最好放尊重点……"

"尊重谁？一个疯子吗？"

"我想你大概对于疯子有些什么误会，我觉得他非常有魅力！他充满了好奇心，而且经常能够做出一些出人意料的举动！再说了，你自己又是什么呢？难道不是一个和他一样的'疯子'吗？不然你又如何能够拥有那种超乎常人的想象力？"

"你根本就不了解我……"

"好了好了，我知道你是一个非常容易冲动的男孩，而且不太喜欢闲聊，我能够理解。言归正传，你想要知道哥格和玛格是怎么回事吗？想要知道我们是如何创造出他们的吗？"

"你们到底是……"穆雷的话音未落，感到嗓子像是被什么东西堵住了一样。

"创造出两台如此完美的毁灭机器……不得不说，这可不是一件容易的事，它们耗费了我们不少的人力和物力……"

当奎普还在说话的时候，穆雷注意到从四周机器设备的后面出现了一些刽子手的身影，他们面无表情地盯着穆雷，一言不发，而奎普似乎正在等着这一刻。

此时的穆雷已经被包围了。

"事实上，为了这两个大家伙，我还对工厂的设备进行了一系列改造。首领认为他只需要使用两个巨型塑料人偶，就能像创造其他士兵一样创造出两个巨人来，但是真做起来要复杂得多，为了做出这两个家伙，我们不知道已经用掉多少塑料了……"

"塑料？"

"是的，穆雷先生，塑料才是最完美的材料，能够用来完美呈现出

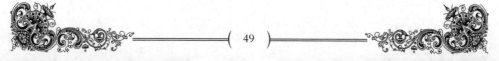

你们想象中的物体……"奎普突然发出一阵尖锐的笑声，随即又瞬间恢复了严肃的表情，"你知道吗？我从来都没有相信过所谓的想象力，对我来说，这些才是真实的存在——红砖、滚烫的金属、机器、黑烟，还有……这两个巨人！"

奎普如同在欣赏自己的艺术品一般看着两个庞然大物，眼神里散发着有些扭曲的光芒。

"告诉我，他在哪里？"穆雷说道。

"有一点可以确定，就是他并不在这里。"奎普低声回答。

"那在什么地方？"

"啊，他有可能在任何地方，可能回到他自己的明珠之城，或是沙丘之下的泽祖拉城，又或者是克罗姆城堡，你为什么想知道答案呢？我的意思是说，你应该也很清楚自己根本不可能活着离开这里，对吗？你现在还活着的唯一理由，就是我也希望能够像所有的恶人一样，有属于我自己的高光时刻。"

说完，奎普对着四周的刽子手点了点头。

"你所说的泽祖拉城是什么？"穆雷站在原地一动不动，冷静地问道，"还有，克罗姆城堡在什么地方？"

"难道你真的认为我会愚蠢到回答你的问题吗？你觉得我不知道你是谁吗？"

"我当然知道你很聪明，不过我觉得你可能还遗漏了一些重要的信息。"

显然，穆雷的这番话起到了一定的作用，奎普的脸上露出了一丝犹豫的表情，并且用眼神制止了刽子手们的进一步行动，似乎在等着男孩把话讲完。

"因为你好像还不是很清楚我的能力……"穆雷说着，闭上了双眼，深吸了一口气，他的脑海中映射出周围的景象，画面之中所有的物体，

大地、空气、围墙、树木，都不再是独立的个体，仿佛成了他的一部分。穆雷吸了一口气，然后缓缓呼出，胸口缓慢地起伏着，此时的大地开始颤抖起来，他看了一眼参谋奎普，正好对上了对方的视线，奎普的眼神震惊中掺杂着恐惧。

正在这时，两个巨人突然睁开了双眼，张开嘴巴，发出一阵金属碰撞的声音。

所有的齿轮突然停止了动作，厂房陷入了一片寂静之中。

哥格和玛格的脑袋先向右转了半圈，又向左转了半圈，双手张开再握紧，身体里发出一阵令人心悸的声响。

穆雷突然睁大双眼，望向两个巨人，紧接着，这两个大家伙举起双臂，掀开了厂房的屋顶。顿时，石头和砖块如同雨点一样散落下来，将奎普和一众大呼小叫的刽子手们埋进了废墟里。

砖块雨停止之后，穆雷才放下双手，解开了自己周围的一圈防护罩。紧接着，他抬起一只脚，在原地走了几步，只见两个巨人亦抬起了脚，随后踩了下去，厂房里的齿轮、工具、设备和小车顿时全部化为一堆废铁。

穆雷站在废墟上，看着哥格和玛格逐渐离开了黑暗岛。

两个巨人双手抓着港口的那些船，带着它们一同沉入海底。

"泽祖拉城……"穆雷嘀咕着。

第八章

战争的忠告

如果非要在两个选项之间做出选择的话，
为什么不先考虑一下有没有第三条路呢？

不久，基穆尔科夫的港口处又出现了十来艘船。范德戴肯驾驶着他的飞翔的荷兰人号也已经来到了这里。这是一艘三桅船，有着如同蛛网一般的船帆，船体四周残缺不全的装饰物仿佛在提醒着人们它曾经拥有过的辉煌历史。整艘船上只有船首像一个身穿红色长袍的女子，看上去还算完整，而这艘船真正吸引人驻足观看的地方在于它的四周仿佛永远都有一团迷雾围绕着，使得船的本体始终处于一种若隐若现的状态。

奥湖号，它的甲板上从来都见不到任何人，但是每当夜幕降临之后，总有经过的水手听见船上传来各种奇怪的声音。

除此之外，码头上还停靠着一艘名为烟壶号的潜艇，虽然外观像一个茶壶，十分奇怪，但是实力却足以和尼莫船长的潜艇相匹敌。还有一艘名为"魔力锅"的印加战舰，船体被涂得五颜六色，甲板上还矗立着一座宝塔。

这些只是基穆尔科夫港口几百艘船中的一小部分，放眼望去，密密麻麻的船只一直延伸到远处的海面，如同一座漂浮着的城市一般，蔚为壮观。船员们有些相互之间有说有笑，有些则怒目相视（因为在此之前，他们或许在别处的战斗之中彼此就是敌人，仅仅在当下遇到危机时才成了战友），一同走向阿尔戈山庄里的作战指挥部。在那里，尤利西斯早已经忙得焦头烂额，他必须尽快制订出一套行之有效的作战方案，因为来自虚幻印地会的威胁正在与日俱增。

当然，这一切能够成立的前提是肖恩的预测是正确的。

几乎所有的重要人物都聚集在此，包括朗·约翰·希尔弗。在最近的几周里，他表现出了过人的组织能力。基穆尔科夫小镇上原本已经废弃的房子如今都变成了形形色色的商店，来自五湖四海的人们也都定居下来，相安无事。还有泊涅罗珀，她主要负责接待从牢笼之岛上逃出来

的囚犯，将他们分别安排到位于阿尔戈山庄院子里和灯塔边上的两处露营区。

除此之外，山庄的客厅里还聚集着康纳、米娜、肖恩、加里比教授、瑞克·班纳、埃齐奥·特里莫特和迪斯科·特鲁普。

尤利西斯率先向大家提出了要求——随着时间的推移，越来越多的人响应了伦纳德·米纳索的号召，正在赶来基穆尔科夫，因此所有人都必须做好接待的准备。

同时，以埃齐奥和朗·约翰为首的几位同伴，建议抢在拉里的军队进攻之前率先发起攻击，打对方一个措手不及。

房间里充满讨论的声音，大家都表达着自己的观点。

不过，所有人都有一个同样的疑惑，那就是穆雷在什么地方，为什么没有和大伙儿在一起，他什么时候回来。在牢笼之岛发生的事情，时光之门的重新开启，以及尤利西斯收到的信件，这些消息早已经在反抗军里传得沸沸扬扬。

"真相？真相就是我们也不知道他在什么地方。"尤利西斯对着众人回答说，"但是我们知道他正在寻找着拉里的踪迹。"

"他一个人？"

"我觉得我们应该想办法去助他一臂之力。"肖恩的发言又在人群中引发了一阵骚动。

"我也同意。"康纳附和道，"一直以来我们都是一起行动的，尽管他现在拥有了我们根本就不敢想象的能力，但是我们也不能就这样让他一个人冒险。"

"有人知道他去了哪里吗？我们怎样才能找到他呢？"

"据说他在牢笼之岛的时候遇到了一个时光之门的建造者，这是真的吗？"

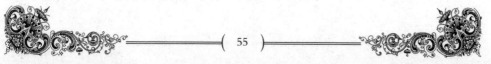

米娜一言不发地看着周围这些和她一起乘坐墨提斯号来到这里的同伴，她不知道该说些什么。尽管十分担心穆雷的安危，但是她觉得应该尊重穆雷的选择。拉里是在场所有人共同的敌人，因为是他创立了虚幻印地会并且攻占了几乎所有的梦想之港，是他生产出了那些只知道服从、不会思考的灰色士兵，是他将那些邪恶的野心家们聚集到了身边。但是说到底，拉里和穆雷才是彼此的对手，他们两人如同一枚硬币的正反两面，一个是被普罗米修斯号选中但被尤利西斯拒绝的孩子，而另一个则是被墨提斯号选中并被尤利西斯接受的孩子。

在这个过程中，两艘神奇的船如同两位使者一样。

而现在，拉里和穆雷两人终于要面对面了。米娜很清楚，她的小伙伴希望自己一个人去面对属于他的对手。

"我们也联系不上他。"尤利西斯承认，"而且也不可能在这个时候派出搜索队去寻找他，一方面穆雷在信中说过让我们别去找他，另一方面也因为我们需要将所有的精力集中在这里。是时候该干点正事了，埃齐奥·特里莫特、迪斯科·特鲁普，你们两个人能不能先介绍一下虚幻印地会军队的最新动态？"

这时，瑞克·班纳站起身来，虽然被囚禁的这段日子令他消瘦了不少，不过他的目光仍然炯炯有神。

米娜的脸微微一红，低下了头，在犹豫了片刻之后，才重新抬起头来，看着瑞克。在他回来之后，渔夫出身的迪斯科·特鲁普和曾经是刺客的埃齐奥·特里莫特便重新将基穆尔科夫船队的指挥权交还给了他。

红发男孩走到挂在墙上的一幅手绘地图边，只见上面画着基穆尔科夫的海岸线，远处的海上标记着十来个不同颜色的圆点。

"目前看来，虚幻印地会的舰队主要集中在距离海岸大约十二海里

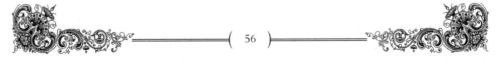

的地方，"瑞克说道，"他们似乎一直都无法找到我们的准确位置，而这也是我们唯一的优势，不过，这种优势恐怕维持不了多久。"

"我们使用了一些迷惑对方的诱饵，"迪斯科·特鲁普解释说，"比如派出一艘船向着北方前进，并故意让对方发现，这样一来，对方就不得不分出一部分军队来跟着这艘船。尽管这样做有一定的风险，但是确实能给对方制造混乱。与此同时，对方的主力部队似乎仍然停留在原地等候命令。"

"为什么他们一直都找不到这里呢？"有人问道。

"因为如果要来基穆尔科夫的话，就需要某件属于这里的物品，或者是已经来过这里的人为他们带路。"尤利西斯解释说。

"这条法则同样适用于其他的虚幻之地。"泊涅罗珀补充道。

"可是对方难道就一直无法获得某件属于这里的东西吗？"米娜问道，"要知道我们可是向各个虚幻之地寄出了几百封信，而那些信件都是从基穆尔科夫的邮局发出去的。"

"你说得没错，这确实像是一场赌博。"泊涅罗珀回答。

"其实大部分反抗军的同伴们并不是直接来这里的。"埃齐奥低声说道，"我们会派人前往里昂尼斯港口去迎接他们，然后再分批回来，以掩人耳目。"

"可是我记得我们最后寄出的那些回信上并不是这样写的呀？"加里比教授回忆道，"我们让他们可以直接过来这里，而他们也确实就是这样做的。"

尤利西斯若有所思地点了点头："事实上，虚幻印地会如果想要来这里的话，还需要一些别的东西，从某种意义上来说，他们的钥匙要更贵一些，而关键就在于拉里……"

这时，米娜想起了他们找到墨提斯号的那天，在船上还发现了

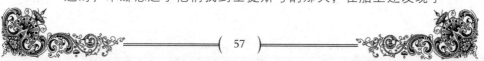

一个金属箱子，里面放着一个魔方机关，机关内藏着一张手稿，上面记载着关于那个"伟大的夏天"的一些事情。所以，到底是谁留下了这些东西呢？是尤利西斯吗，还是伦纳德？那个魔方是谁的？是拉里的吗？

直到这时，米娜才恍然大悟，原来他们在一开始取得的，并借助加里比教授的帮助而翻译出来的手稿，才是他们最终得以来到基穆尔科夫的钥匙。也许还有别的孩子有机会获得同样的钥匙，但是他们要么没有找到属于自己的墨提斯号，要么就是还没有准备好进行冒险。这也正是庞大的印地会军队的问题所在，他们拥有了一切，但是缺少一本真正充满想象力的书。

当瑞克·班纳大致介绍完印地会舰队的分布以及未来可能的进攻方向时，有人敲了敲房门，坐在离门口最近的加里比教授打开了大门。

"哦，是什么风把你给吹来了！"加里比教授看着站在门口的尼莫船长说道，"对了，你应该也不用什么风吧，毕竟你驾驶的是一艘潜水艇。"

尼莫有些尴尬地笑了笑，事实上，他并不是唯一一个和加里比教授的幽默感不同频的人。

鹦鹉螺号的船长并不在这次作战会议的邀请名单上，因此房间里一下子安静了下来。由于尼莫船长原本属于印地会的身份，因此尽管他救下了瑞克·班纳以及普罗米修斯号上的诸多同伴，却仍然无法获得所有反抗军成员的信任。

可以这样说，作为一名反抗军的成员，他还在试用期中。

"很抱歉打扰到你们。"鹦鹉螺号的船长解释道，"不过我想也许你们应该先出来看一下外面发生的事情。"

"我们正在商量重要的事情，尼莫船长。"泊涅罗珀轻声提醒说。

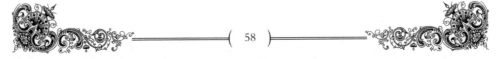

"哦，那看来你们得变更一下会议的内容，插入一个更为重要的话题了。"

尤利西斯里咒骂了一句，接着，所有的与会成员都来到了室外，寻找着帐篷之间为数不多的空隙，望向大海。

只见在蓝色的海面上，一艘船悬挂着白旗，正乘着波浪缓缓靠近。

这是一艘铁甲船，浑身上下锈迹斑斑，船体上横七竖八地钉着不少铁板，上面挂着海藻和贝壳。两根长长的烟囱里冒出黑色的浓烟，直冲云霄。在距离它几米远的地方，行驶着另一艘小船，两者的这种对比，更显出了铁甲船的巨大。

尤利西斯看了一眼肖恩，点了点头，看来海德夫人说得没错。

"他们来了。"尤利西斯嘀咕着。

"是对方有人叛变了吗？"朗·约翰·希尔弗的话语提醒了在场的每一个人。

"不一定。"尤利西斯回答说。

"那还能是什么呢？"康纳问道。

事情恐怕没有那么简单，尤利西斯选择先保持沉默。

"尼莫？"

"摩尔船长？"

"你愿意和我一起去会一会那艘船上的人吗？"

"这是一个问题还是一个命令，先生？"

"这是一个邀请。"

"我非常乐意接受您的邀请。"

"那我们赶紧准备一下吧，瑞克，请立刻通知其他船长。朗·约翰，其他海盗那边就交给你了。迪斯科、埃齐奥，请回到你们各自的岗位上去。泊涅罗珀，把我们的旗帜拿来。康纳、米娜、肖恩，请回到墨提斯

号上。所有人各就各位。"

　　说完，尤利西斯转向了鹦鹉螺号的船长，用对老朋友说话的口吻说道："欢迎你来到基穆尔科夫，尼莫船长。"

第九章

自由之声

哪怕是再尽责的父母，
也未必能够时刻掌握自己孩子的动向。

白色的墙壁，白色的灯光，探望室里的氛围令人丝毫感觉不到温暖。整个大厅被分割成了好几个单间，如同钢筋水泥高楼里的办公室一般。时间在这里似乎比外面过得更快，受访者和他的家人就在这样的氛围中交流着。

穆雷的父亲和母亲就这样对视了几分钟，似乎都没有勇气打破这种沉默。

"穆雷今天早上没有去学校。"最终还是克拉克夫人率先开口，"而且午餐也没有回家吃。"

通常，如果周末的时候和小伙伴们一起去玩儿的话，穆雷都会在星期天的晚餐时分回家。印象中只有一次，他留在肖恩的家里过夜，不过即使如此，他也提前告知了他的母亲。而这次不一样，穆雷的母亲以为他会留在康纳的船上过夜，然后周一的早上直接去学校。

但事情并不是这样。

现在已经是周一的下午了，穆雷仍然不知所踪。

"你有联系过他的朋友吗？"

"我试过了，但是都联系不上。"

"如果是这样的话，那应该是一个好消息，说明穆雷和他们在一起呢。"

"他现在到底在哪儿呢，孩子他爸？"

最近几个星期以来，穆雷和肖恩、康纳、米娜在一起的时间越来越久。他们要么是去湖边，要么是去康纳的船上。每次他回来的时候，眼睛里都闪着兴奋的光芒，他所讲述的那些冒险故事听上去连细节都十分完美，以致母亲有时候都会怀疑他所说的会不会是真的。

"这件事我们要通知别人吗？"

"通知谁？"穆雷的父亲伸手摸了摸自己修剪得并不整齐的胡子问

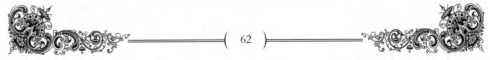

道，"警察吗？"

"这都是我的错。"母亲继续说道，"是我太过放纵他了……"

父亲握住了母亲的一只手。

"这不是放纵，孩子的成长需要自由和空间。"父亲微笑着说了一句，然后回头看了一眼人越来越多的大厅，"你并没有错，穆雷他是个很能干的孩子，他很聪明，而且做事很认真，我相信他绝对不会因为一时头脑发热而去做什么蠢事。"

"可是……他会不会在海上遇到什么危险了？"

"你放心吧，他知道自己在做什么。"父亲安慰道，"毕竟大海里不会真有克拉肯海怪啊什么的去袭击船只……"

"也不会有鲸鱼游到你的身边……"母亲想起了穆雷曾经讲给她听的一些故事。

"没错，你知道他的事？他对你说过和小伙伴们一起要去干什么吗？"

"是的。"母亲有些犹豫地看着父亲，"虽然他用自己的表达方式来告诉我，不过也算是说过了。"

"对于我来说，他可是写了一些故事给我。"父亲说道。

母亲静候着他继续说下去。

"他给我看过一些他以前写的故事……然后每周他都会带一些新的作品给我。"

"我没有读过他写的故事。"母亲嘀咕着，语气中带着一些忌妒。

"也许因为他不太敢于和我直接说吧。"父亲立刻打圆场道，"毕竟他和我见面的次数不太多。"

"那他在故事书里写了些什么呢？是想要逃离这个家吗？"

"当然不是！"父亲回答，"他提到了冒险，海上的冒险，提到了穿越迷雾，还提到了一些神奇的港口、灰蒙蒙的都市、生活着刽子手的丛

林、发电厂以及世界尽头漂浮着的冰川。"

　　母亲缓缓地点了点头，说："嗯，这些和他从船上回来之后告诉我的内容差不多，而且……"

　　"真的是非常棒的冒险故事。"父亲说道。

　　"太令人吃惊了。"母亲低声说，"看来他和小伙伴们在一起的时光非常开心。"

　　"不得不说，我们的孩子有着非比寻常的想象力和创造力。"

　　"看来是从你那里遗传的。"

　　"应该说是从我们两人这里遗传的。"

　　母亲的脸上终于露出了笑容，这样的笑容父亲已经有太久的时间没有见到了。

　　"但是，昨天发生了一件奇怪的事情……"父亲继续说道。母亲抬起头来，像是抓住了一根救命稻草一般。

　　"当我回到自己牢房里的时候，在枕头上看到了一张字条，是他留下的。说实话我实在想不出他是怎么做到的，一开始我以为他来过监狱，然后把字条交给了某一个守卫，不过我问了一圈，没有人见到过他。在这里时间久了，基本上所有的人我都认识，所以我不觉得他们会故意隐瞒这件事情。也许在我打听的时候碰巧那个守卫休息，如果是这样的话，那么明天我应该就能够揭开这个谜底……"

　　"他写了些什么？"

　　"他说他正在指挥一场重要的战争。"

　　"什么？哦，我的天哪！"

　　"他说他没办法向我解释清楚整件事情，也没法告诉我在和谁战争，因为他必须立刻赶回某个小镇。"

　　"基穆尔……"

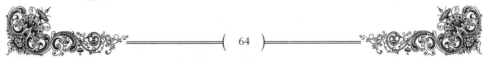

"哦，是的，基穆尔科夫！"

"可是世界上并不存在一个叫基穆尔科夫的地方啊！"

"不过看来我们的儿子并不这样认为，在他给我看的故事里，他说这个小镇上居住着许多奇奇怪怪的人物，有点像……怎么说来着，那个有些淘气的绿色小男孩……"

"彼得·潘？梦幻岛？"

"没错，没错，那里有海盗、鳄鱼，有手拿武器的战士……在山崖上还有一座山庄。他写道有一个戴着一只眼罩的灯塔管理员死了，但是在临死之前，这个人号召所有的勇士们都来帮助他一起战斗。"

"亲爱的……对我来说，这件事开始变得越来越魔幻了……"

"我感觉就好像穆雷有许多事情想要告诉我，但是时间紧迫，不知道如何才能说清楚，最后只是留了只言片语，让我和你都不要担心……不过，我觉得……啊，不，没什么……"

"你觉得什么？"

"我突然想起了一个细节，他写字条用的纸原本就是我牢房里的，而且用的是我的铅笔，就像是他来到了我的牢房，结果没有见到我，因此只能给我留下一张字条。"

"亲爱的……"

"我能够感觉到他的气息，你相信吗？"

"那些守卫是怎么说的呢？"

父亲弯下腰，脸几乎贴到了桌面上，说："最好不要让守卫知道这些事，最好不要。"

"你说的那个故事在哪里呢？"

"先等一下。"父亲摆了摆手，阻止道，"我还没有说完，在他留下的字条上还有一件物品，是一个金色的罗盘。"

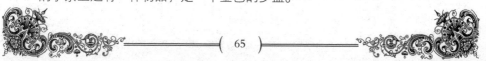

"一个什么？"

"金色的罗盘。"父亲重复了一遍。

"这个东西也是你牢房里的吗？"

父亲摇了摇头。

"那这又是什么意思呢？"母亲嘀咕着。

"我也不知道。"父亲回答。

"时间到了。"正在这时，门口传来了守卫的声音。

两人都没有注意到时间的流逝，他们站起身来，仍然一头雾水，不知道究竟应该怎么办。

"那接下来我们该怎么做？"母亲问道。

"你去找一下康纳，你知道他的船在哪里，对吗？如果他对穆雷的事情什么都不知道，或者他没有和穆雷在一起的话，也许我们最好……"

"最好怎样？"

父亲深吸了一口气，似乎胸口有一块大石头压得他无法呼吸："穆雷没有失踪，相信我。"

"那他会去哪里了呢？"

两人分别的时候到了。

"基穆尔科夫。"父亲对母亲最后说道。

母亲摇着头，双手扶在桌子上，尽管守卫已经过来请她离开，但是她仍然没有移动一步。

与此同时，父亲轻轻拨开了守卫的手，说道："嘿，萨姆，是我！没必要像对待别的犯人那样对待我！"

守卫耸了耸肩，回答说："不好意思，帕迪，这里的规矩就是这样。"

"我可不管什么规矩不规矩的！"父亲反驳道。尽管两人身穿着不同的衣服，但是在此之前他们可是在同一条街上一起长大的。

回到了自己的牢房之后，父亲坐到了床上，在确定守卫离开之后，他从枕头下取出了穆雷留下的那个金色罗盘。

为什么会是一个罗盘？

罗盘是用来寻找方向的。

哪里的方向呢？

"会是基穆尔科夫的吗？"他心想，这个小镇的名字在穆雷的故事里已经多次出现，尽管不知道它在什么地方，但是父亲却像是已经认识了这个地方一样。要不是身陷囹圄，他可能会去图书馆仔细查阅一下资料，或者问一下经常出差的朋友们。

又或者……

父亲站起身来，开始在自己的牢房里来回踱步，每当他需要集中精神思考的时候，就会有这个习惯。

当走到房间里唯一的那扇窗户下时，他停下了脚步，把手搭在墙上。

不知道是怎么回事，他感觉到这里像是有一扇看不见的门，能够帮助他离开这个地方。

从指间传来了一丝温暖的感觉。

这种感觉他似曾相识，在他的记忆深处，基穆尔科夫这个名字早已经存在了。

穆雷，他的儿子并不是第一个提到这个名字的人。

而是在那之前，很久很久之前。

第十章

沙漠中的泽祖拉城

有些真相会被沙土掩埋起来。

时光之门突然打开，一阵热气夹杂着土黄色的沙尘喷涌而出。

穆雷眯起双眼，用手掩住口鼻，然后跨过门槛，希望看一下外面究竟是什么地方。

在他的面前是一座石头建筑，一半仍然掩埋在沙土之中。

这座平行六面体的建筑如同一块巨大的实心石礅一样，表面上没有窗户，也没有其他醒目的细节。在建筑的顶上有两座瞭望塔和一条通道，其四周则分布着一片营地，里面的帐篷都被风吹得鼓鼓的，稀稀拉拉的人影在不停地忙着加固自己的住处，防止被风吹跑。

穆雷绕过建筑，来到了营地附近的一个斜坡上，下面看上去像是一片废弃的工地，里面遗留着一些工程机械、挖土机和飞艇的残骸，有二十来架。飞艇上面绑着结实的铁链，大部分已经被埋入沙丘之中。

穆雷看着眼前这幅凄凉的画面，并没有意识到有几个身影就在他的身后打量着他。

当他转过头来的时候，那些人似乎被吓了一跳。

穆雷定睛一看，才发现这些人之中有男人、女人，还有好些孩子，所有人的脸上都显露出一副尊敬的表情。

穆雷抬起手，示意这些人不用紧张。

"穆雷？"有人开口问道，这个名字立刻引发了一阵骚动。

一位老者从人群中走了出来，他的下巴上挂着长长的白色胡须，皮肤黝黑，脸上布满了皱纹。

"你好，穆雷。"他用虚幻之地之间通用的语言说道。

"你是怎么知道我的名字的？"

"事实上，真正奇怪的是你怎么不知道我的名字，因为从某种意义上来说，我是你想象力的产物。"

"你的意思是……我在做梦？"

"不，这不是一场梦，因为你一直坚信泽祖拉城的存在，所以才会来到这里。对你来说，由于你对泽祖拉城几乎没有任何了解，所以你所看到的，是别人想象之中的景象。"

老者的脸上微微露出了一丝笑容。

"但是，我并不知道会来到这个地方……"穆雷站在阳光之下说道。

"我们对你很了解，穆雷。"

"我……"

"所以我们很清楚你对自己的了解还太少。这很正常，当你还年轻的时候，往往还不清楚自己所拥有的天赋，但是我们一直在等待着……所以你能够自己来到这里，我们感到很高兴。"

"天赋？是什么天赋？"穆雷心想。

"事实上，我……我只是过来寻找……"

"黑暗创造者。"

穆雷把手挡在了眼睛的上方。

"一个和你一样拥有着出众想象力，却误入歧途的男孩。"

"你是说拉里吗？他也在这里？"

"不，他不在这个地方，但是你所见到的这片废墟就是他的杰作！来，跟我过来。"

就这样，穆雷跟着这位村长模样的老者走在前面，他们的身后跟着一群小孩子。

一行人离开了帐篷营区，走进了那座高大的建筑里。从里面可以看到，整座楼房的重量几乎全部都是依靠若干粗壮的黑色木桩来支撑着的。

他们沿着铺满了尘土的楼梯不停向上走，越往上，跟在穆雷身后的

人就越少，仿佛那些人在害怕着某些东西似的。在登上了最后一段楼梯之后，他们来到了一扇关着的门前，老者走上前去，但是并没有打开那扇门。

"虽然我不能打开这扇门，"老者说道，"但是你可以。"

穆雷走过去，缓缓地打开了门。

整个过程没有任何阻碍。

门的后面，是一间房间。

看上去是属于一个孩子的，里面有一张小床、一个衣柜、一张桌子，另外，在窗户的两侧还挂着有些破旧的彩色窗帘。向窗外望去，能够看见一望无际的沙漠。

"每当他来这里的时候，就会住在这里。"老者介绍说，"当然，他不是一直在这里，但是，只要他在这里的时候，几乎从来都不会离开这个房间。"

"那你们觉得他什么时候会再回来呢？"

"这个我们可就不知道了，而且他的助手也已经离开了，那是一个英国人，在走的时候什么都没有对我们说。"

"他是什么时候离开的？"

"就在你把这些飞艇弄下来的时候。"

"我？"

"是的，穆雷之风，就在埋藏于沙子底下的城市即将被挖掘出来的那一刻，穆雷之风刮了起来，所有的飞艇都坠毁了，所有的工作也都戛然而止，一切都和先知们预言的一样……"

"所以说那些飞艇的工作就是为了把一座城市从沙子底下拉起来？"穆雷嘀咕着，"可是……这种想法也太……"

"小儿科。"老者的眼神中露出了一丝欣慰，"不过令他失败的原因

并不是这个。"

穆雷缓缓点了点头："除非有另一个孩子有着和他截然不同的想法。"

"果然是一点就通，穆雷，果然是一点就通……"

穆雷刚想回答说自己其实并没有做什么特别的事情，而且到现在为止对于所发生的一切也是一头雾水，不过他还是忍住了，没有开口。他在房间里转了一圈，看了看里面摆放的家具，最后来到了窗边，向外望去。这时，他突然意识到自己来得太晚了，因为拉里恐怕再也不会回到这里了。

那场当地居民以穆雷的名字来命名的风暴已经在他之前光顾了这里，也许，这一切只是为了帮他扫平道路而已。

他不得不重新寻找线索。

那么，在兵工厂里见到的那个小矮子还提到了什么地方呢？克罗姆城堡！

"你有没有听说过克罗姆城堡？"

老者并没有回答。

看来他应该没有听说过。

又或者这座城堡根本就不存在，它只是拉里自己的一个发明而已，是拉里用想象力创造出来的。

"啊，看来你不知道克罗姆城堡这个地方。"穆雷嘀咕着。

也许穆雷应该把整件事情重新梳理一遍，看看能否发现新的线索。

穆雷之风是从什么时候开始有的呢？

那天他到底做了什么？

是的，那天他打开了阿尔戈山庄的时光之门。

那再前一天呢？

是他坐上墨提斯号的那天吗？

再之前呢？

所以说拉里当时在哪里？

第十一章

军队

两个人质能够换来和平吗？

帕特纳号的船长吉姆伯爵双手捧着一只信鸽，并从它的脚上取下了一卷羊皮纸。

"你干得太棒了，小家伙！"船长微笑着说。

在距离他们只有几英里远的基穆尔科夫港口，一艘维京船缓缓地出发了，又长又窄的船身，龙形的船首，和他们一样，桅杆上也挂着一面白旗。伯爵一下子就认出了它——墨提斯号。

为了这艘船，他们几乎寻遍了所有的虚幻之港，他们接到的命令说得非常清楚："无论身处何处，无论船上有谁，务必想办法拿下这艘船。"

而它现在终于出现了。

两艘船相互靠近之后，面对面僵持了几分钟，然后各自放下一艘小船，相向而行。

吉姆伯爵下令自己船上的那些灰色船员留在原地不动，自己一个人登上了小船。

在墨提斯号放出的小船上，他见到了一个熟悉的面孔——尼莫船长。要知道，就在几个月之前，他还是印地会里能够和首领一起开圆桌会议的重要官员之一。

除了尼莫，还有两个人。

那个留着白色胡子的老者应该就是他们一直在寻找的尤利西斯了，在吉姆伯爵的船舱里还保留了一幅他的画像，上面早已经布满了各种划痕。另一位则是陌生女孩，深色的皮肤，长着一副印度人的样貌。

"你们好哇，反抗军的家伙们！"吉姆伯爵说道，语气中带着不屑，"至于你，尼莫船长，看来你已经交到新的朋友了。"

"你就这样离开大船，坐着小船出来可得当心了……"吉姆伯爵继续阴阳怪气地说道，"说不定别人会认为你又叛变了呢！"

"我所在的这一边可没有那么重的疑心病……"

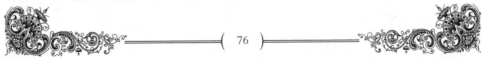

"我们看到了你船上挂着的白旗，我们也是挂着白旗过来的，所以我们还是别浪费时间了，你们到底想怎么样？"尤利西斯说。

吉姆伯爵深邃的目光转到了老者的身上。

"看来你很着急呀，摩尔先生？整整两年，我们双方都在耐心地玩着一场猫捉老鼠的游戏……说实话，应该着急的人是我才对，要找到你的藏身之处可真是不容易……"

尤利西斯来到船边，对着吉姆伯爵微微一笑："我们很高兴见到您，吉姆伯爵，只不过……我们出来的时候正好快要吃饭了，所以如果可以跳过无意义的寒暄而直奔主题的话，对于我们来说真是莫大的帮忙了。"

"这听上去可不像是在邀请我一起吃饭。"

"确实如此，很抱歉，相对于铁甲船而言，我还是更喜欢传统的船，所以说？"

"所以说我想你应该已经可以猜到我来这里的目的了……"

"您是没有汽油了吗？"这时，一直没有开口的女孩子终于发问了。

吉姆伯爵嘀咕了几句，他并不是很习惯一个女人在三位船长的对话之中插嘴。

"事实上，我们过来主要是为了摧毁你们整座小镇，包括这里的所有军队，但是……我们也可以停止进攻基穆尔科夫，如果你们愿意交出两个人的话。"

"哪两个人？"

"穆雷·克拉克和尤利西斯。"

说完，吉姆伯爵吹了声长长的口哨，脸上露出了不屑的微笑。

"为什么你们要带走这两个人呢？"

吉姆伯爵耸了耸肩。"这是上面的命令，那你们愿意把人交给我们

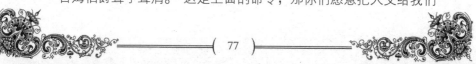

吗？"他问道。

"你们所说的第一个人，我劝你们还是放弃比较好，至于说我嘛……如果真有必要的话，我倒是不介意把我自己交出去。"

"所以你们的答复是？"

"我们的答复就是……"米娜说道。

"等等，等等。"尤利西斯阻止女孩道，"小姑娘，先别急着回答，这样吧，你给我们一点时间，我们讨论一下之后再做决定。"

吉姆伯爵点了点头，很显然，这种缓兵之计他早就预料到了。

"八个小时，超过一分钟我们就发动进攻了。"

第十二章

信鸽

并非所有人都喜欢自由和远方，
有些人更愿意生活在固定的地方和
确定的规则下。

所以，这一切都只是时间问题罢了。

这就是米娜、肖恩和瑞克在小镇上走了一整个下午之后得出的结论。此刻每个人的脸上都神情紧张，整座小镇都被笼罩在战争的阴影中。

在这些人里，米娜也许是最不安的那个人，她好不容易在这里找到了一处可以逃避现实家庭种种束缚的地方，但当这里面临着战争的威胁时，她的安全感也随之消失了，就像当她一个人躲在自己房间里看书时，她的爸爸、奶奶或者兄弟没有敲门就突然闯了进来一样，瞬间将她的生活搞得一团糟。

当她想到看书时，脑海里出现了马修的样子，虽然这位年轻的图书管理员和她仅说过几句话，但却给她留下了礼貌和绅士的良好印象。

"你在想什么呢？"瑞克走过来问道。

"我在想我们寄出那么多信，邀请所有人都过来这里，会不会是一个错误的决定。"

这时，从不远处的一个酒吧里传来了醉醺醺的海盗们的歌声和喧闹声，女孩向那里望了一眼，微微一笑。

"他们还是一样无忧无虑。"瑞克说道。

"我感觉我们像是判了他们死刑一样。"米娜摇了摇头说。

"为什么你会这样想呢？没有人逼迫他们来加入反抗军，这些人都是自愿的。"

"作为海盗，他们真的还有其他选择吗？"

"你可真是有些矫情……"瑞克也没有多想，直接脱口而出。

"我不是矫情，只是说了真实的想法而已。我……我之前无论在哪里都觉得自己是一个异类，在学校，甚至在自己的家里，但是在这里，在基穆尔科夫，我第一次感到能被人理解，感到自己和其他人一样。"

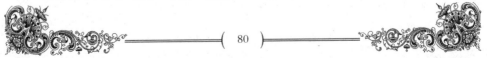

"那你觉得这里和你的家里有什么区别呢？"

"我也说不上来。"米娜回答道，"也许真正不一样的那个人是我自己才对。"

两人继续沿着码头走着，距离肖恩越来越远。

"我们刚到这里的时候，那种感觉实在是太好了，因为这里除了你之外没有其他人……"

"是的，那时候小镇上确实没什么人。"瑞克附和道，"你还记得是我让你到山崖顶上去的吗？"

米娜微笑着回答说："那时候多好哇，我们，墨提斯号，还有蓝色之海……"

瑞克盯着米娜的脸，愣了一下。

"怎么了？"米娜问道。

"看不出来你不但矫情，还挺怀旧啊！"瑞克开着玩笑说道。

不过这次米娜并没有生气，而是表示理解。

"那你又是什么呢？"

"我吗？我感觉自己像是一条船，喜欢水，喜欢在海上航行，但是我不喜欢潜水，哪怕是从高处跳下水去，也不愿意在水下多待一刻……"

米娜耸了耸肩。

"那这样说起来的话我就像是一艘潜艇了……"

"你的意思是你很擅长潜水？"

米娜想了想，回答说："不，我就像是一艘开不动的潜艇，沉下去之后就再也不知道什么时候才能浮上来了……"

"我不喜欢潜水。"瑞克嘀咕着，"因为我害怕，我的父亲水性很好，但他还是葬身海底了。"

米娜仔细听着瑞克的话，时刻注意着他的表情，自从来到这里之后，

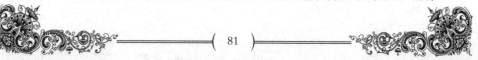

她还从来都没有和瑞克这样谈心过。

"真是很抱歉。"

"你抱歉什么？这已经是好几年之前的事情了，要不是我的父亲……也许至今我们都还不知道关于时光之门的事情。"

年轻的船长说着耸了耸肩："不管怎么说，过去的都已经过去了，我们还是应该看向未来……"

这时，走在两人前面的肖恩转过头来，叹了口气说："不好意思打断你们两个人聊人生哲学了，我们还得准备战斗呢！"

"对了，肖恩又像什么呢？"瑞克笑着问道，"如果说我像是一艘船，你像是一艘潜艇，那他呢？一架滑翔机，还是一辆装甲车？"

米娜一下子笑出声来，而瑞克也为能够逗米娜笑而感到有些得意。

"你们抬头看。"肖恩说道。

海面上的天空中出现了一大群鸟，看上去既不像是燕子又不像是海鸥，而且并没有一个明确的队形。

它们飞到了乌龟公园的上方，那里是基穆尔科夫的一处公园，只不过那个地方对于这个小镇来说有些特别。

它看上去更像是一座森林迷宫，那里生长着许多本不属于这个气候带的树木，既有香蕉树和棕榈树，也有红杉和栎树。在树林里有一条小径，一直通向一处洞穴，在那里有一座骑士的雕像，后面还有一座神庙，神庙的大门上雕刻着精细的图案。

"你们知道那些是什么鸟吗？"米娜问道。

"是鸽子。"瑞克回答，他似乎感到了一丝不祥的预兆。

这些鸽子陆陆续续地飞进了公园的树丛之中。

"我们过去看一下。"米娜说完，向着那个方向跑去。她打开了一扇锈迹斑斑的铁门，然后沿着杂草丛生的小径向里走去，这里看上去已经

很久都没人来过了。

在绕过了数个弯之后，三人终于来到了鸽子聚集的地方。这里有一间屋子，看上去并不大，全部用木头建成，原本应该是公园园丁的住所。

此时，这里的草地上、屋顶上，到处都是散落的羽毛，地上风干的鸟粪痕迹显示这些鸽子已经在这里定居很久了。

"真恶心……"肖恩向屋子的木门说道，成群的鸽子躲在阶梯下、屋顶上和树丛间，咕咕地叫着。

"你们看那里！"米娜突然叫了起来。

只见在虚掩的门后，一只鸽子趴在地上，从窗口射入的阳光照在了它的身上。

"它的脚上好像套着一个脚环。"康纳低声说道。

这时，小屋子的门突然关上了，里面传出一阵杂乱的脚步声，随后，一个人突然从窗户里翻出来，逃走了。

"快！抓住他！"瑞克大喊道。

话音刚落，他便紧跟着那人跑去。

追逐的过程并不长，尽管那人身形十分灵活，但是三个孩子分工配合，还是将其引入了伏击之中。

结果他们意外地发现对方就是朗·约翰·希尔弗手下的一个小孩子。

肖恩整个身体全都压到了对方的身上，然后将其手腕反扣在背后。小男孩挣扎了几下，见徒劳无功，最终放弃了。

"你刚才在干什么？"肖恩大声喝道。

"等一下，等一下，说不定他什么都不知道呢？"米娜立刻打圆场道，"他只不过是朗·约翰·希尔弗手下的一个小男孩而已。"

肖恩让那个小男孩坐了起来，不过双手仍然紧紧抓着对方，以防小男孩逃跑。

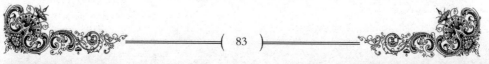

"你在这里做什么？为什么这里有那么多鸽子？"

小男孩并不作声，不过他的沉默却更像是默认了某些事情，米娜说得没错，这还是一个小孩子，而小孩子往往并不擅长说谎。

"请你相信我们，告诉我们你在这里干什么，你是在给别人送信吗？给谁送信？"米娜尽可能用平和的语气问道。

"我也不知道对方是谁，不过……每当我这样做的时候，这只鸽子都会带着一枚硬币回来。"

三人面面相觑，这到底是怎么回事？

"那你给对方发的是什么消息呢？"

肖恩在一旁早已经等不及了，他把手伸进小男孩的口袋里，从里面掏出了十来个小盒子，每个盒子里放着一些纸条，上面写着一些歪歪扭扭的字。

"我们这里有一百多人。"他打开第一张字条念道，"两艘潜艇，没有大炮。"

此时，他再也无法控制住自己的情绪，一把抓住小男孩的脖子，将他掐得几乎透不过气来："你竟然向虚幻印地会告密！"

"冷静点，肖恩，冷静点……"

"我们有多少人，在什么位置，有什么装备！"肖恩大声吼道，"你这个浑蛋！叛徒！"

这时瑞克一把拽住了肖恩的手臂："够了，肖恩。"

"什么够了？"肖恩仍然没有要停手的意思，"这个小浑蛋背叛了我们！"

"是穆雷背叛了你们……"这时，小男孩突然大喊道，"你们还没明白吗？穆雷将会成为下一个首领，到时候，他也一样会为所欲为！"

瑞克不等他说完，就往他脸上甩了一巴掌："住口！"

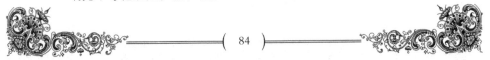

　　但是小男孩仍然一副不服气的样子："我原来在黑暗岛生活得挺好，是你们把我从家乡带出来的！你们一直在说拉里的不是，但是一旦穆雷战胜了拉里，他就会创建出另一个虚幻印地会，而他自己也将成为另一个首领。"

　　听到这一席话之后，米娜用双手捂住了自己的脸。

　　她看了一眼自己的伙伴们，看了一眼身后的公园，看了一眼大海，感受到了前所未有的孤独。

　　小男孩的话语，如同一把利剑一样，刺入了她的心灵深处，令她感到后背发凉。

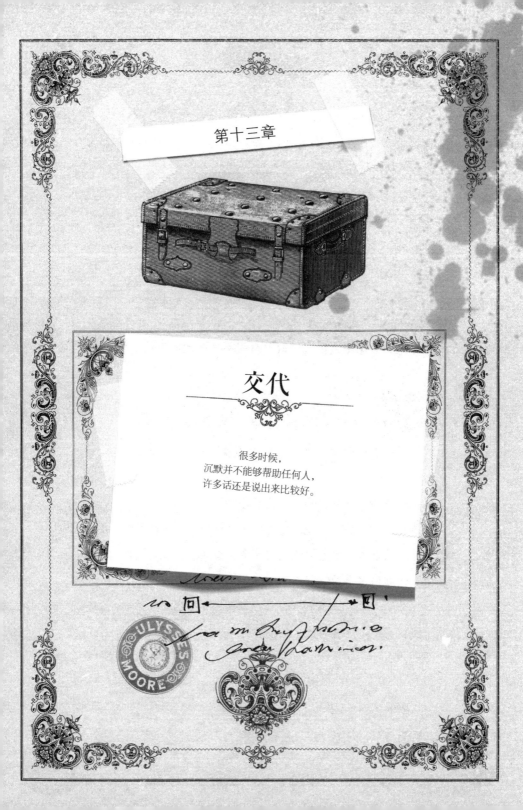

第十三章

交代

很多时候，
沉默并不能够帮助任何人，
许多话还是说出来比较好。

"我想和领导谈谈，萨姆。"穆雷的父亲克拉克先生对站在他牢房门口的守卫说道。

他这位幼时玩伴向他投来了诧异的目光。

"你听见我说的话了吗？我想和领导谈谈。"克拉克先生重复道。

"我下班的时候会去向他申请的。"

"不，我现在就要和他谈谈。"

守卫对这种坚持有些不解。

"听着帕迪，你就别给我添乱了，你知道这里的规矩，我不可能就这样因为你的请求而带你过去。"

克拉克先生深深吸了一口气，有些不情愿地低声说："我有事情要交代。"

"你说什么？"

"我说我有事情要交代，请你转告一下……领导。"

"嘿，帕迪……你确定你今天没有发烧吗？"

"请帮我这个忙。"

"好吧，好吧……"守卫嘀咕着离开了牢房。

大约十分钟之后，克拉克先生戴着手铐，坐在了充斥着樟脑丸气味的监狱长办公室里。他的面前站着一个穿着西装、系着领带的男人，面露喜色，他就是这里的监狱长。

"太好了，克拉克！太好了！"监狱长擦了擦自己的书桌，说道，"我原本已经对你不抱什么希望了，没想到……"

克拉克先生一言不发，坐在椅子上，不停思考着自己这样做是不是疯了。

"所以说……你是真的有什么事情打算交代吗？"

"是的。"

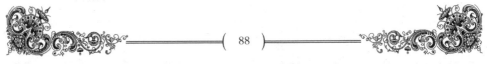

　　监狱长皱起眉头，仔细打量了他一阵子，然后身体向后一靠，深深陷入了沙发之中，书桌上的双手十指相扣，问道："是什么让你改变主意了呢？"

　　"对你来说，到底是我为什么改变主意重要，还是我打算交代的事情更重要呢？"

　　监狱长对克拉克先生所表现出来的这种淡定和气势感到有些意外。两人在很小的时候就已经认识，事实上，这座城市里几乎所有人都相互认识，不过克拉克这种说话的态度看上去更像是对他新职位的一种挑战，对他权威的挑战。

　　"都重要，克拉克，只有这样，我才能够帮到你，知道吗？像你这种人突然开口说话，一定有一个原因。说吧，你想要什么？减刑，报仇，还是说你突然良心发现了？"

　　"我想请你帮个忙。"

　　"你看看你看看，我刚才说什么来着？"

　　"我会交代我所知道的所有事情，你们要找的武器在哪里，是谁把它们藏起来的，不过，作为交换……"

　　克拉克先生停了下来。

　　监狱长的脸上露出了微笑，点了点头说："让我们来听听你提出的条件是什么吧。"

　　"我需要你批准我的假释，今天，马上！"

　　"所以你今天有什么重要的事情要去做呢？"

　　"是关于我儿子的。"

　　监狱长使劲搓着自己的双手，如同一个面对着满桌甜点的孩子一样。他调整了一下自己的坐姿，不停地点着头。

　　"那你说说吧。"

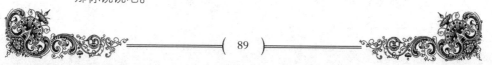

"在这里？就我们两个人？"

"暂时来说，是这样的，至于之后么，到时候再看。因为我得先确定你不是随便找一个借口来糊弄我才行啊。"

"那我呢？谁来保证你一定会说话算数？"

"当然没有人能够保证，克拉克！你没有看过电影吗？"

"我想我们看的也许不是同一部电影，至少在我看过的电影里，那些食言的监狱长最后都是没有好下场的。"

监狱长干笑了两声，然后突然严肃了起来。

"我觉得你大概忘记了自己是怎么进来的了。"

"我进监狱就是因为我保持了沉默。"

"你的沉默令一部分分裂恐怖分子得以躲在城市里逍遥法外，他们还藏着武器！"

"只有你们才管他们叫恐怖分子。"克拉克先生反驳说。

"所以你是怎么称呼他们的呢？"

"他们是我的朋友，我们之间的友谊天长地久。"

"哦，你真是太天真了，克拉克！要知道，我也和你还有他们一样，是在这座城市里长大的，但是，我和你们选择的道路不一样。"

"很显然，你更喜欢西装领带的生活。"

"你的运气不错，我们相互之间认识也算挺久了，不然的话，我和我的同事们不会对你那么客气。你知道吗？我们在同一个街区长大，我们曾经一起庆祝过圣帕特里克节，所以我相信我的直觉，我从来都不认为你是直接参与其中的人，但是如果你把他们都供出来的话，你会感到愧疚……所以你选择了沉默，这会让你心里好受些，让你在无形中产生一种荣耀感，而你又十分看重这种荣耀感……"

"我更看重自己的儿子。"克拉克先生低声说道。

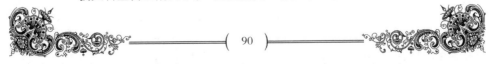

就这样，他开始讲起了那天晚上，当警察冲进家门的时候，他正在招待一位好友卢克·马鲁。为什么他会这样做呢？因为作为一位好朋友而言，他觉得自己应该给予对方一个栖身之所。他们两人从小就被父母抛弃，在郊外长大，一直都在为填饱肚子而努力着。

"那他有没有说过除了他之外还有谁？"监狱长打断了克拉克先生。

"这个我们并没有谈到。"

"克拉克……"

"不管你信不信，这个就是事实。我和马鲁是最好的兄弟，兄弟之间是不会问东问西的，我相信他，这就是一切，我当时知道他一直在帮助反抗军，也知道他们转移了武器……"克拉克先生的声音显得有些干涩，每说一句话对于他来说都像是一种折磨，"我还知道他的父亲是在一场抗议中离开的，而他似乎一直没能走出来，所以这一切能怪他吗？"

"我不打算责怪任何人，你继续说。"监狱长显然对此并不关心，只是希望尽快听到重点部分。

"据我所知，他应该算是组织中比较温和的一员了，和他相同的许多人根本连武器都没有摸过，但是，他心中的不满和那些好战派是一样的。他主要的问题就是话说得太多了，他就是因为出言不慎而丢掉工作的，公司裁员，精简人力……天知道他的老板是用的什么借口……"

"这事发生在三年之前，我知道。"

"在那之后他整个人就变了。"

"所以就变成了一个恐怖分子？"

"我可没有这么说……"

"啊，好吧，不好意思，你继续。"

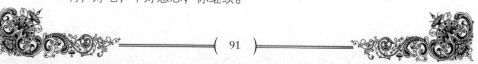

克拉克先生低下了头，回想起了他入狱前几天的经历。

卢克·马鲁和同伴们正打算组织一次示威游行，一开始并没有打算造成任何暴力冲突，只想通过和平的方式，也不希望有任何人受伤。但是后来出现了意外，有人在酒吧里发生了冲突，并且最后一把火把酒吧给烧了。当天晚上，当卢克·马鲁出现在家门口的时候，一脸狼狈，浑身都是打斗的痕迹，克拉克先生甚至有些担心他会丢掉性命，因此也就没有多想，把他接进了家里。克拉克先生曾坚持说要带他去医院，不过卢克·马鲁拒绝了，而在当时，克拉克先生对于整件事情的来龙去脉是毫不知情的。

"所以你的意思是说从头到尾，你只是做了一个无辜的护士？"监狱长伸出手指，有些轻蔑地指了指克拉克先生。

克拉克先生点了点头。

"这些我倒是也可以相信你，不过你所说的话没有任何新的内容，都是我已经知道的东西。我的问题很简单，那些暴乱者的武器在哪里？马鲁躲在哪里？"

"马鲁现在在哪里我也不清楚，不过我倒是知道那些武器在什么地方。"

"很好，现在总算说到重点了。"

克拉克先生要来了一张城市地图，然后在一幢建筑上用笔画了个圈，然后是第二幢建筑、第三幢建筑……就这样，在监狱长的注视之下，他交代了所有武器的隐藏之处。说实话，他也不清楚自己所做的到底是否正确，不过他告诉自己并没有背叛任何人，因为警察在那些建筑里找不到任何人或是任何有价值的线索。

更何况他也不清楚那些武器是不是还在那里。

在天平的一端是他对伙伴们的忠诚，在天平的另一端则是穆雷。

还有穆雷留下的那张字条，以及他要去的地方。

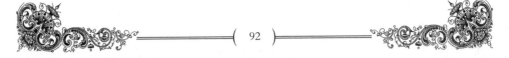

第十四章

新图勒

古语有云：
"精诚所至，金石为开。"

这次出现在穆雷四周的是另一幅景象。

沙漠变成了白雪，大风吹得小木屋咯吱作响。这里是新图勒，一个位于极北之地格罗兰海岸边的小镇。

这里是一切开始的地方，拉里就是坐着船在这里上岸的，然后便遇到了伦纳德·米纳索和尤利西斯。对于穆雷来说，要来到这里也变得十分简单，他只要在脑海里想象出这个地方就可以了。

时光之门出现在泽祖拉城的墙上，穆雷打开门，便置身于这片冰雪之地。海湾之外的海面上，除了几座孤岛之外，就只有白皑皑的冰川了。

不过，穆雷不知道在这里应该干什么。

他走在小镇的街道上，一度怀疑自己会被冻死在这里，同时思考着自己为什么要来这里。

新图勒并不大，人口稀少，偶尔能够见到一两扇窗户里亮起了灯，投射出一个人影，对着路上的行人打个招呼，随即又躲进了屋子里。

一路上，穆雷并没有见到几个人，而这些人对他似乎也并不感兴趣。直到男孩的眉毛被飞雪染成白色的时候，他才找到一家小店。店门口有一个院子，里面停着几架雪橇，几条雪橇犬懒洋洋地趴在旁边的地上。

尤利西斯曾经在日记中提到，他是在这里一个海峡附近的一条雪道尽头处见到的拉里，而且拉里的船上有燃烧着的船帆。

"请问一下一架雪橇和一条雪橇犬需要多少钱？"穆雷向一个正蹲在地上喂雪橇犬的男人问道，心里祈祷着这家小店正在营业中，眼前这个男人最好就是这里的主人。在顶棚下的一处角落里，一张油布盖着一些食物：土豆、面粉和肉干，在顶棚的木梁下还挂着一些早已经风干的鳕鱼。

男人转过头来，穆雷这才发现他又矮又胖，几乎连脖子都看不见，

脸上长着一对小小的眼睛，额头上还有一道深深的疤痕。男人仔细端详了一下穆雷，回答说："这些雪橇是不卖的。"

"我可以出高价。"

"那真是太遗憾了，因为这些雪橇是我们自己要用的。"

"那你可以带我去一个地方吗？"

"哪里？"

"我要去伊都洛。"

男人犹豫了一下，显然这个问题出乎他的意料。

他看了一眼雪橇，又看了一眼穆雷，然后再看了一眼雪橇。穆雷将右手插进了口袋里，闭上双眼。四周的空气开始轻微颤抖起来，一条雪橇犬立刻站了起来，另两条雪橇犬则紧张地四下张望，嘴里发出呼哧呼哧的声响。

"发生什么事了？"男人警惕地问道。

穆雷并不说话，而是从口袋里伸出右手摊开了手掌，手掌里多出了几块金块。他看着面前的这个男人，等待着对方的反应。

院子里的雪橇犬开始躁动不安起来，发出的吠声吸引了路上为数不多的行人的目光。

"你为什么要去伊都洛呢？"

"你要不要这些金子？只要带我过去，它们就是你的了。"

男人不再多问，接过金块放进了自己的口袋里，然后牵来几条雪橇犬，将绳子套在了一架雪橇上，动作十分熟练。

"你还有衣物吗？"他问道。

"没有了。"穆雷看了一眼自己的穿着，一条牛仔裤，一件羊毛衫，头发上已经结起了冰晶。

店主转身走进了屋子里，对着里面的人说了几句之后，带着一个穿

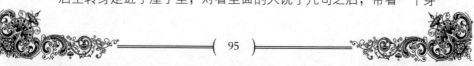

着一件毛皮大衣的因纽特人走了出来。除了脸之外，这个人看上去和一头熊差不多，被太阳晒得通红的皮肤，凸起的颧骨，细长的双眼，额头上布满了皱纹。

因纽特人递给穆雷一件毛皮大衣，穆雷费力地穿好之后，准备出发。

"你叫什么名字？"

"穆雷，你呢？"

"纳努克，说实话，我不喜欢你们这些什么都不懂的外国人。"

"你是不是喜欢外国人我可没兴趣知道，你知道怎么去伊都洛吗？"

"你是怎么来这里的？"

"走着来的。"穆雷回答说。

"这我可不相信，在这种季节，而且虚幻印地会几乎封锁了所有港口。"

"难道说你对虚幻印地会有什么不满吗？"穆雷小心翼翼地套着纳努克的话，尽可能不暴露自己的立场。

两个人沉默了一分钟左右，然后纳努克微笑着点了点头。

"你打算什么时候出发？"他问道。纳努克的语气似乎缓和了不少。

"越快越好。"

"那你上来吧，我们这就出发。"

纳努克说完，对店主说了两句，同时有两个小男孩将两袋物品放到了雪橇上，并检查了一下雪橇犬的绳索是否套牢。

两个人这就出发了。

雪橇在结冰的道路上飞快地前进着，带头的雪橇犬像是认识路一样，根本不需要纳努克的指示，有一刻，穆雷甚至感到自己像是坐在墨

提斯号上一样。这种充满活力的感觉和自然的气息仿佛将穆雷带回到了蓝色之海上，随着洋流自由航行。唯一的不同就是这里四周的一切都是白色的，从他的身边一直到地平线的尽头，阳光照在冰面上会反射出金色和银色交相辉映的光芒。

几个小时之后，两个人停了下来，稍作休整。

"在镇上的时候，你后来为什么会改变主意呢？"穆雷蜷曲在雪橇上，双手紧紧地拉着绑有几袋货物的绳子，问道："一开始你不是不愿意送我吗？"

纳努克笑了笑回答说："我很相信自己的直觉，一般来说我只要看一眼，马上就能够知道站在我面前的是怎样的一个人，但是你有些不同……"

"是吗？那说说你对我的看法？"

"看得出来你并没有恶意。"

"难道说还有人是怀着恶意来到这里的吗？"

纳努克听到这个问题后大笑了起来，回答说："是的，确实有，不管怎么说，能在那里遇见我算你运气不错。"

"为什么这么说呢？"

"因为在小镇上要找到一个愿意带你去你想去的地方的人可不容易，不过我可不在乎那些传闻。"

"这样看来你是一个天不怕地不怕的人喽？"

"这里的人们常说如果要活得久的话，最好做任何事情都小心一点，不过在我看来那纯粹是无稽之谈。"

"你在镇上生活多久了？"

在穆雷看来，这个因纽特人和拿走金块的店主有着截然不同的性格，十分健谈，所以他才问了这个问题。

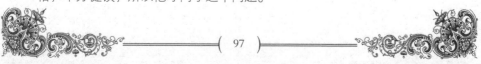

  "我也不清楚，因为我是在这里出生的，但是一直在外旅行。"纳努克解释说，"你知道我的名字是什么意思吗？"

  "不知道。"

  "是熊的意思，所以你可以说我什么都不怕。"

  "可是一头熊不是应该在野外狩猎吗？而不是待在温暖的小屋子里。"

  "纳努克已经是一头年迈的熊了，他已经不再有年轻时的那种精力……而且，现在的海和以前也不同了，不知道你明不明白我的意思。"

  穆雷转过头来，希望确认一下自己听到的话是不是一种对虚幻印地会专政的讽刺。

  "这也正好回答了你刚才的那个问题。"纳努克对着穆雷挤了挤眼睛，笑着说道。

  "我在找拉里。"这时穆雷终于不再怀疑，承认道。

  守在一旁的雪橇犬发出了一阵吠叫，纳努克站起身来，示意穆雷准备出发，同时从袋子里掏出一些风干的肉条，下令所有的雪橇犬全部站好。

  "不要在这里大声说出那个名字，"因纽特人解释道，"正如你所见，我和我的狗都不喜欢这个人。"

  "我不是他的朋友。"

  "这我知道。"

  "你是怎么知道的？"

  "唉，你们这些年轻人总是觉得别人什么都不知道似的！"

  "那你知道那个人在哪里吗？"

  "显然他并不在这里，不过当他坐着那艘带着火焰的船来到这里时，我知道他想去什么地方。"

  "你说的是普罗米修斯号。"

"看来你也很清楚这件事呀。"

"是一个朋友告诉我的。"

"我本人就在现场。"

雪橇沿着几乎已经无法分辨的道路继续前进，雪橇犬的唾沫滴到地上之后很快便变成冰晶消失不见。穆雷转过头来，看了一眼被风雪包围的因纽特人。

"一切都是命中注定的，年轻人，就像我们的相遇。我之前就预感到会有人来这里，一开始我以为是他，就是刚才你提到名字的那个人，所以我去了港口……我看到了那艘船，它所经过的区域连冰川都会融化！该死！直到现在我都忘不了他身上发出的那股臭味。他当时正在寻找一个可以停靠的港口，不过看起来他并不打算在这里停留太久。当时他找了一些村民问路，说想去南方。村民们告诉他没有人会绕过伊都洛海峡去更南方的地方，因为从那里开始就是新图勒最黑暗的地带了，几个世纪以来，没有人生活在那里。不过，那个男孩似乎有自己的想法，他告诉村民们事情并不是这样的，在黑暗地带的尽头坐落着一座巨大的城市和一座与月亮齐高的城堡，它的名字叫作克罗姆城堡，那里将会成为他的王朝的根据地。"

"那你去过那里吗？"穆雷问道。男人的脸色一沉，并没有回答。

"可能去过吧，反正我是不想再回去那里了，所以，如果你想让我带你去那里的话，最好现在就说清楚。"

"哦，不，我只要到边境地带就可以了，就是你刚才提到的伊都洛。"

"很好。"

穆雷抬起头，看到在遥远的前方，矗立着一座高大而可怕的黑色雕像。

它的名字叫莫洛克，这个名字是远古时代来到这里的探险者给它

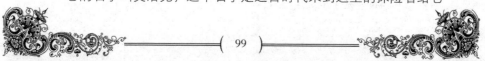

取的。

　　它就像是一座灯塔、一个图腾一般站在那里，面带嘲讽的微笑，迎接着来到这里的每一个人。

　　纳努克带着穆雷来到伊都洛后，走下了雪橇。

　　"这里就是边境了……"穆雷看着海峡外一望无际的冰川，他们身后的天空还是灰色的，面前的天空则越来越暗。

　　尤利西斯、伦纳德·米纳索和拉里就是在这里见面的。

　　"纳努克？"穆雷问道。

　　"我先生个火。"因纽特人回答。

　　穆雷抬起头看了一眼那座钢铁雕像。

　　那座沉默的钢铁雕像。

　　在雕像的脚下，有一座半埋在白雪里的小木屋，从外面看，根本无法想象旅人如何在里面过夜，直到穆雷进入里面，才知道因纽特人说自己经常在这里落脚的话并非谎言。

　　屋子里有一个壁炉，墙边堆满了木柴，两张简易床上铺着厚厚的羽绒被，此外，房间里还有一个大木箱。

　　"如果你要加被子的话，这里面还有。"纳努克一边开始生火一边说道。雪橇犬们乖乖地窝到了一个角落里，穆雷站在房间的中央，不知道该干些什么。

　　"你肚子饿了吗？"纳努克问道。

　　"是的，有点。"

　　很快，壁炉里的木柴发出噼噼啪啪的声响，纳努克迅速在上面搭起了一个架子，并放上一个锅子，里面盛满了白雪。没多久，屋子里便弥漫着一股微甜的清香。

"这是什么？"穆雷问道。

"加了些香料的热水。"

两人围坐在壁炉边，吃着风干的肉条和早已干掉的面包，喝着飘有淡淡香味的热水。这令穆雷想起自己生病的时候妈妈准备的特别饮料，还有父亲在圣诞节时用蜂蜜和桂皮制作的香茶。就这样，男孩沉浸在自己的回忆之中，几乎忘记了自己这次冰雪之旅的目的。

"我好困。"他打着哈欠说道。

"那你先睡吧，明天见。"

这是穆雷听到的最后一句话，随即他便进入了梦乡。

在梦里，他见到了自己的母亲，坐在家里的沙发上，脸上挂着眼泪，他的父亲不知道什么时候已经离开了监狱，却一点都没有开心的样子。

父亲眉头紧锁，看上去思绪万千。就这样，穆雷像是飘浮在空中一样观察着这里的一切。他看到父亲走进了一家酒吧，他立刻认出了这里就是他在现实生活中所居住的城市。

吧台边坐着一个客人，穆雷一开始只能见到他的后背，直到父亲来到了那人的身边并开始同他讲话时，男孩才看到那人的脸。

他的长相和拉里一模一样。

穆雷一下子从睡梦中惊醒过来，满头大汗，心跳得飞快。

他看到了什么？这个梦有什么寓意吗？

纳努克坐在穆雷的床边，问道："你还好吗？"

壁炉里的木炭隐隐泛着红光，屋子外面，一阵大风吹过，屋顶发出咯吱咯吱的声响。

"是的，我想是的……我好像……做了一个奇怪的梦，我在……"

"不用告诉我，不用告诉我，你只要自己记得就行，这很重要。"

"为什么？"

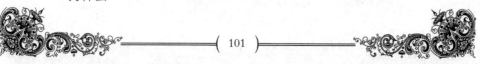

"因为这是你的精神世界在和你对话。"

"这个梦看上去好真实……好真实！"

"没想到你会害怕成这样，刚才我也做了一个梦，我梦见了你是如何来到这里的，对你来说也许坐雪橇去冒险是一次很奇怪的经历。不过我还是有一件事情不明白，因为你似乎已经知道了克罗姆城堡的存在，既然这样的话，你为什么不用相同的方法直接去那里呢？为什么你不能想象出一个……嗯……我也不知道应该怎么称呼那个东西。"

"那个是时光之门。对我来说，只有当我认识要去的地方，或者至少能够想象出那里的一部分的时候，才能够打开通往那里的时光之门。所以我之前才问你是否去过那里，因为我需要你的描述，来想象出那里的样子。"

纳努克裹紧了身上的被子，尽管他自认为已经有了相当的阅历，听到过不少奇闻，还继承了自己部落的智慧，但是对于男孩的解释，他仍然感到十分吃惊。

"你所说的方法只有神才能够做到。"他回应道。

接着，因纽特人开始慢慢地描述起他记忆之中的克罗姆城堡。

每当纳努克提到某一个细节时，穆雷的双眼都会发出兴奋的光芒，呼吸平静而富有节奏。不知不觉间，第一缕阳光透过窗户照进了屋子里，壁炉里的火焰已经熄灭。

纳努克已经将自己所有关于克罗姆城堡的记忆讲完了。

"现在我明白了。"穆雷说道。

"去吧，勇敢的旅行者，记住，不要犹豫，不要停在半路上听那些老人的故事……"

穆雷从床上站了起来，活动了一下关节。

"从你所说的那些老人讲的故事中，我发现一个特点……"

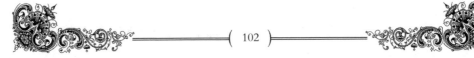

纳努克看着穆雷。

"这些故事往往比别人的更有意思，更真实，更有深度……"

"是时间，小伙子，时间会让人变得忧郁，所以他们的故事听上去会让你感到更有深度，更真实。去吧，我相信你一定能够找到正确道路的。"

第十五章

配方中的秘密

大战之前最好先填饱肚子。

康纳对自己的判断深信不疑——两军作战，一定要先下手为强。派出己方机动性最强的船，突入虚幻印地会在外海的阵地，打对方一个措手不及。

他们和敌人最大的区别就在于基穆尔科夫将作为坚强的后盾，始终站在他们的身后。

"如果把这一切看作一盘电子游戏，而我是统帅的话，我一定会这样做的。"说完，他坐回了自己的椅子上。

在康纳结束了自己关于战争指挥部的发言之后，朗·约翰·希尔弗接过了他的话。

"我觉得现在并不是我们发动战争的好时机，当然，我们也不能按照对方的要求交出人质。在我看来，我们必须改变整场战争的主导权，不然的话我们肯定会未战先败的。"

"那你觉得应该怎样才能改变战争的主导权呢？"迪斯科·特鲁普问道。

这时，已经被允许进入战争指挥部但是一直在一旁没有发言的尼莫举起了手，如同一名小学生一样。

"尼莫，你说说看。"尤利西斯说道。

"在听了你们的发言之后，我最大的感想就是你们也许还没有弄清楚敌人的实力。虚幻印地会的情况我很了解，我敢说如果在外海发起进攻的话我们根本一点儿胜算都没有。"

"谢谢你的鼓励……"加里比教授有些讽刺地说道，"这可真是我们最需要的东西。"

"我所说的是事实，和鼓励不鼓励的没有关系。"鹦鹉螺号的船长反驳道。

"但是你说的话对增强我们的实力并没有任何帮助！"朗·约

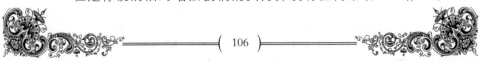

翰·希尔弗说道，"更何况我们的舰队也不弱，你看到停在港口的那些船只了吗？我们的士兵大部分都是身经百战的海盗，他们英勇善战，但是我觉得还有一个问题……"

众人一言不发，静静地看着老海盗。

"问题就是我不知道你们是不是准备好了，准备好面对对方的舰队，面对自己的家园被烧毁、伙伴被抓捕甚至被杀害。我们的敌人就是这样的人，凶恶而残忍，而这就是战争，无论谁胜谁败。"

在朗·约翰·希尔弗说完之后，会场里一片安静，再没人敢发言，也许大家内心深处都意识到了这位老海盗所说的都是事实。

"所以这就是为什么我希望你们能够把我交出去。"虽然尤利西斯的声音不大，但是在场的每一个人都听得十分清楚。

坐在一旁的泊涅罗珀面色苍白，身体僵硬。

"这种情况根本就无须考虑。"康纳立刻反驳说。

"是的，不能考虑！"加里比教授附和说。

会场里，越来越多的人开始呼唤起尤利西斯的名字，他是一切冒险的引领者，他是所有人的精神领袖，他的日记引导着年轻的冒险家们来到这里。

米娜低下了头，她很害怕担心的事情会成为现实。

她看了一眼坐在自己身边的瑞克·班纳，瑞克的双眼充满了兴奋的光芒，和尤利西斯一样，他们被同伴们的忠诚所感动。

"那我们就开始投票表决吧。"尤利西斯最终决定说。

于是，米娜从桌子边站了起来，走了过去。

"你在这里吗？"没过多久，一个声音问道。

在堆满了食物箱子的阿尔戈山庄的厨房门口，瑞克探进头来。他

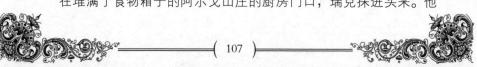

们已经好久都没有做一顿精美的饭菜了，因为这段时间最首要的任务是让所有过来投靠的同伴填饱肚子，在饭菜的质量上也就没有那么多讲究了。

在米娜的身后，一大锅米饭马上就要煮好了。这些米饭将和蔬菜一起分装在几个大的盆子里，再搭配上咖喱和姜黄，就成了一道米娜最拿手的家乡菜。非常幸运的是，阿尔戈山庄里有着十分齐全的调味品，因此她才能够大展身手。

米娜抬起头，转向瑞克问道："投票结束了吗？"

"尤利西斯不会离开这里。"瑞克回答说。

米娜点了点头，这是正确的决定，哪怕它很可能就意味着……战争。

"你很出色。"瑞克看着米娜说。米娜手里拿着一个碗，不停搅拌着里面的香料，瑞克坐到了边上的蔬菜加工台前，"是谁教会你做饭的呢？"

"没有人教过我，在家的时候，一般是我的母亲准备食物，有时候是我的奶奶。对于我来说，做饭和数学没有太大的差别，只需要注意每种食材的量就可以了……"

"这就是你做饭的秘诀？"

"按照不同的比例搭配食材，然后控制好加热的时间，这难道和数学不像吗？"

瑞克略微思索了一下，随后将手中的刀放在了砧板上，眼睛看着正煮着米饭的炉灶。水蒸气弥漫在整个厨房里，压力锅的气阀急促地发出呼哧呼哧的声音，窗户的玻璃上糊着一层雾气。

"你觉得世界上的万物都能够用数学的原理来解释吗？"瑞克问道。

"当然不是，我可没有那么绝对。我不像我的爸爸，他总觉得世界上一切事情都能够用某些道理来解释，都存在着某种意义，都是可以通过某种方式来预测的。"

"我的爸爸不太一样，他很喜欢运动，在我小时候，他希望我长大之后能够成为一位运动达人。"瑞克的语气有些犹豫，似乎仍然不确定是否应该向米娜提到这些。

米娜的视线从手里的盆子上移开，她正在清洗土豆片，这一步正是保证煎土豆片时不粘锅的秘诀。

"刚才说了一堆奇怪的话……你千万别放在心上。"女孩补充说，很显然，她想尽快换一个话题。

"不，你说的并不是什么奇怪的话，也许是对的，有时候只要找到各种原料之间合适的配比，然后等待一个合适的时间……"

米娜好奇地看着瑞克。

在厨房外，众人都在忙着战争的准备工作……

三口平底锅里的蔬菜发出吱吱的声音，米饭也快好了。

米娜扑哧一下笑出声来，说："说实话我已经跟不上你的思维了。"

就在气氛逐渐变得微妙起来的时候，一阵急促的声音将两人拉回了现实。

煮饭锅里的水溢了出来，将灶台的火给浇灭了。

第十六章

商人法尼

享受自由的最好方法，
就是回到自己的生活节奏上。

对于克拉克先生而言，能够在城市中自由地行走是一种久违的感觉。而且这里不是其他城市，这里是他的故乡。

实在太令人怀念了！

在离开监狱之后，他所做的第一件事，就是走进一家咖啡店，点了一杯美式咖啡，然后拿在手上，边走边喝。

烘焙后的咖啡豆，橱窗里的甜品，培根混合着鸡蛋的香味，这种愉悦的心情他几乎都快忘记了。

在监狱里，唯一能够闻到食物香味的地方就是食堂，只不过在那里，食物的气味被犯人的汗臭味所掩盖，同样，食物的色彩也被囚服的灰色所替代，形成一种令人感到压抑的氛围。

犯人与犯人之间的相处也是一样。

他来到了一个小公园里，这个时候这里并没有多少人。他深吸了一口气，让刚刚修剪完的草地的清香填满自己的肺。他抬起头，看着树叶之间露出的灰色天空，这一刻，他甚至希望能够下一场大雨。伴随着阵阵微风，那些熟悉又陌生的声音和回忆再次涌上了心头。

彼时他还是一个无名小卒，有着幸福的家庭和满意的工作。

他看着周围形形色色的路人，有的人正在逛街，有的人正在慢跑，孩子们在踢着球，老人们则坐在长凳子上聊着天。这时他明白，一个人只有真正失去自由的时候，才会明白自由的宝贵。

不知道像他这样走在路上，会不会有人认出他来，并问他怎么突然又出现在大街上。

为了避免不必要的尴尬，男人压低了自己的帽子，鼻子伸进了咖啡杯里，继续前进。

当来到一座两层楼的维多利亚式房屋前时，他停下了脚步。这幢房

子被一个院子所环绕，里面长满了各种树木和杂草，由于缺乏照看，这些植物已经爬满了院子里的铁制桌椅。

他推开铁栅栏门，穿过院子，来到房子前。透过玻璃，他能看到商店里的一切都十分整齐干净。"里面和外面可真是一个天上，一个地下啊……"克拉克先生穿过房门，走了进去。一楼的展厅里摆放着一排立式座钟，若干个柜子、书桌、储物箱，墙上还挂着各种各样的钟表，所有物品都被擦拭得一尘不染。空气中弥漫着木制家具和油蜡的气味。

"看看，看看，这是谁来了呀？"一位坐在工作台边正在做着木工活儿的老者问道，"今天难道是我的幸运日？真的是你吗？"

"当然是我，法尼！希望我的样子没有变化太多。"

"啊，所有的事物都在变化，所有的事物都在老去，就像这里的家具一样。不同的是，我们人是无法翻新的，或者说，即使这样去尝试了，也会留下很明显的痕迹……"

克拉克先生笑了笑，紧紧握住了老者的手。

"你怎么样？"他问道。

"这个问题应该我来问才对，你这是……"

"自由了吗？准确地说还没有，我是申请了假释才出来的。"

"然后你就把宝贵的时间浪费在来我这里？"

"对我来说，你是我最重要的朋友。"

"对我来说又何尝不是这样呢？说实话，我真是不忍心见到你被卷进那件纠纷里去……"

克拉克先生有些无奈地点了点头："这件事情也会过去的，虽然我不知道代价会是什么，但是总会过去的。"

"这也算是个老问题了，人们愿意为一件实木家具支付高昂的价格，刨花板做的家具却不怎么值钱，可是在使用过程中真的有那么大区

别吗？"

"我在为一件我没有做过的事情承担责任。"

"我很清楚，帕迪。"

"当然，我知道你很清楚这一点。"

老木匠微笑着指了指天花板："上面的那位也知道呢。"

"难道你阁楼上的助手又换人了？"克拉克先生开玩笑地说道，不过他的心里非常清楚自己这位好友是一个非常忠诚且专一的人。

"一切都会恢复正常的，你需要一点耐心。不过有一件事我不是很明白，他们为什么还要把你关在监狱里？"

"因为他们想要抓住真正的犯人，他们希望从我口中套取有用的情报，他们把这个看作一场交易。你知道我是怎么想的吗？反对派所要求的独立最终会演变成一场战争，而这场战争没有对或错的一方，警察并不意味着正义，反对派也不意味着邪恶。"

老木匠点了点头，将手中的笔放在了工作台上，桌子上还摆满了其他各式各样的物品：透明纸、松香水、油、调色刀以及各种装满了不同颜色油漆的瓶子。

"嗨，帕迪，我想你特地跑来我这里，不会是为了向我解释战争与偏见的吧？"

"你说得没错。"

"那就别绕弯了，快说吧。"

克拉克先生深吸了一口气，说道："事实上，我都不知道该从哪里开始讲起，也许这根本就是一个很愚蠢的想法，但是……你还记得那张老旧的书桌吗？正因为它是从英国来的，所以没人愿意购买。"

"怎么会不记得？这些家具都像是我的孩子一样。"

"那就好，不知道我是不是记错了，你曾经向我提到过这张书桌产

地的那个小镇的名字？"

老木匠皱起了眉头，开始在自己的记忆中搜索起这个片段。

"说实话，对于像你这样的人来说，现在提出这个问题真是有些唐突哇。"

"我知道，不过这几天这件事情已经塞满了我的脑袋，我都快要发疯了……所以我特地来向你求证一下，你所说的那个小镇的名字和我记忆中的是否一样，还有如何才能去到那个地方。"

"你说的是一个位于英国的小镇？对了，当然，它位于康沃尔，这张书桌就是从那里来的，小镇的名字叫作……基穆尔科夫。"

听到这里，克拉克先生一下子握紧了口袋里的那只金色罗盘。

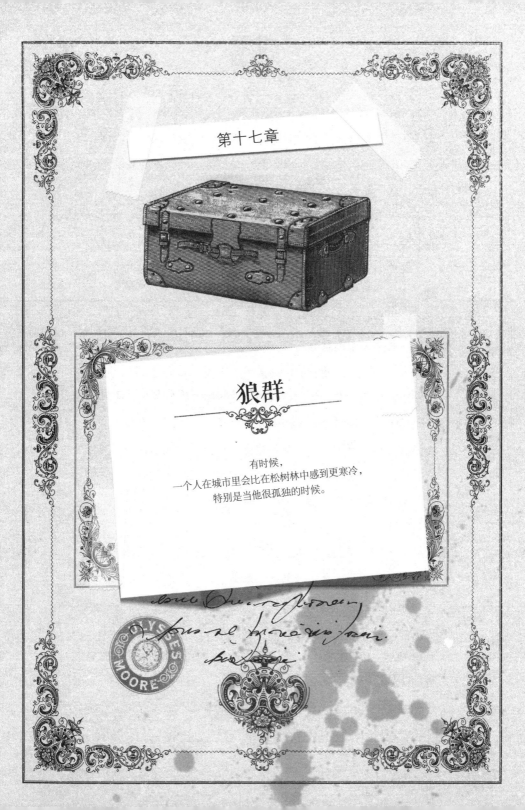

第十七章

狼群

有时候，
一个人在城市里会比在松树林中感到更寒冷，
特别是当他很孤独的时候。

克罗姆城堡给人的第一印象如同一枚镶嵌在极地上的巨大钻石。高楼上的积雪反射着阳光，如同一道道利刃一样刺眼。一阵寒风吹过，地面上像是起了一层薄雾，整座城市变得若隐若现。对于这些，穆雷根本无动于衷，他迈着坚定的步伐继续前进。

城市的外面可以看到大海，海岸、冰川和海水共同勾勒出一幅错综复杂的图画。在有些区域，海面一直延伸到远处的地平线，而在另一些区域，在距离海岸仅仅几十米远的地方，海面就被冰川拦腰截断。

难道这就是世界尽头的景象？

难道这里就是一切终结的地方？

城市里那么多空荡荡的高楼，拉里到底会在哪里呢？

为什么整座克罗姆城堡的街道上一个人影都见不到呢？

穆雷的脑海中突然浮现出这座城市生机盎然时的景象，不知道这是它过去的样子，还是预示着某种结局的未来。

穆雷走在城市里最宽的一条道路上，街道两侧的高楼面对着他，似乎正在讲述某些伤感的故事。寒风透过破损或是缺失的玻璃直接钻进空空的楼房里，让里面变成了一个个冰窟。

没过多久，他就找到了。

在城市公园的中央，一座如同金字塔一般的土堆显得格外突兀，土堆的顶端矗立着一座城堡，被白雪包裹着。

穆雷戴上了纳努克临走时送给他的雪地护目镜，沿着陡峭的山坡向上爬，一直来到了城堡前。这里的石拱门早已结冰，里面连接着一片方方正正的院子，位于最中央的是一座有着中世纪风格的圆形建筑，俯瞰着四周的围墙。

穆雷直接走了进去，在经过一段螺旋阶梯之后，他来到一个面朝大海和冰川的房间。

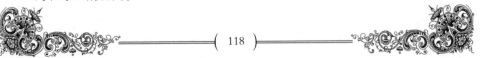

　　穿过房间，是另一段向上的阶梯。阶梯尽头是一扇和穆雷在泽祖拉城见过的一模一样的门。

　　门的后面应该还是拉里的卧室，穆雷料想他要找的人并不在里面。

　　不过，穆雷没想到在这里会遇见另一个人——身紫衣的海德夫人。

　　海德夫人坐在一张铺着毛皮的沙发上，看着穆雷，眼中透露出贪婪，她身边围坐着九匹身形高大的狼，在男孩一走进房间的时候就开始发出呼呼的警告声。

　　"海德夫人？"穆雷有些犹豫地问道。

　　海德夫人似乎看出了穆雷眼神中的疑惑，摇了摇头，说："我想你可能把我和另一个人给弄混了。"

　　穆雷睁大眼睛。眼前的这个女人和他在里昂尼斯见到的，之后又在黑暗港救过，并一起聊过关于虚幻印地会及其首领的那个人长得一模一样。

　　"我是她的姐姐。"对面的女人说道。

　　海德夫人似乎曾经对男孩提到过自己的姐姐，但是他没有想到两人竟然是双胞胎，而且如此相像，唯一的区别是眼前这个人的眼睛里透露着一种不同的危险。

　　"这里已经没有别人了。"杰奇尔夫人继续说道。

　　穆雷摊了摊手，显得有些无奈。

　　他再一次晚了一步，又或者说去错了地方。不过这个坐在他面前的女人身上有一种说不出的可怕感觉。

　　如同一艘被抛弃了的船，男孩相信他的直觉正在和自己开着一个天大的玩笑。

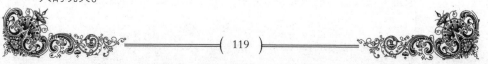

穆雷一言不发，走上了阶梯的尽头，那几匹狼在他身后不停地磨着牙齿。

"门关着。"杰奇尔夫人说道，"我已经看过了。"

穆雷吸了口气，轻轻打开了那扇门。

果然是他的卧室。

一模一样的卧室。

它无处不在，然而却哪里都找不到拉里。

卧室里空无一人。穆雷走了进去。

里面的一切和沙漠里的那个房间一样，一小段过道之后连接着一个小小的卫生间，另一侧则是拉里的床和一个打翻了的玩具盒子。

地上……还有一个玩具士兵。

穆雷蹲了下来，听见杰奇尔夫人的脚步声从他的身后传来。

他捡起了那个标记着亚特兰蒂斯字样的士兵，仔细端详了一番。果然，这就和自己乘坐墨提斯号第一次来虚幻之地时遇到的那些水手士兵一样。

他将玩具士兵紧紧抓在手里，想象着拉里利用这些玩意儿创造出了整支军队时的样子。

拉里会在哪里呢？

任意一个虚幻之地？

还是说……在那个他开始创造自己的军队，开始创立虚幻印地会的地方？

那应该是发生在他来新图勒之前，在克罗姆城堡之前，在黑暗港之前。

在最开始的地方。

穆雷沉浸在自己的思绪里，他并没有注意到四周的景象在缓缓改变

着。窗外的雪开始融化，温暖的阳光照进了房间，刚才的风雪呼啸声已经停止，取而代之的是鸟儿和昆虫的叫声，房间里的地板开始颤动起来。

只是几秒钟的工夫……

窗外变成了一幅森林日出的景色。

"你……你到底干了什么？"杰奇尔夫人站在穆雷的身后问道。她双手牵着的九匹狼此时发出有些恐惧的呼哧声。

穆雷将玩具士兵放进了口袋里。

然后站起身来，转过头，一切都显得那么自然。

穆雷来到了杰奇尔夫人的面前，拿过她手上牵着的绳子，松开了绑在狼脖子上的绳套，如同纳努克对自己的雪橇犬所做的那样。

"去吧，你们自由了。"他说道。

狼群很快便消失在窗外的树林里。

"我怎么办？"杰奇尔夫人一脸茫然，像丢了魂魄一样。

"你也自由了。"穆雷回答说。

然后便离开了房间。

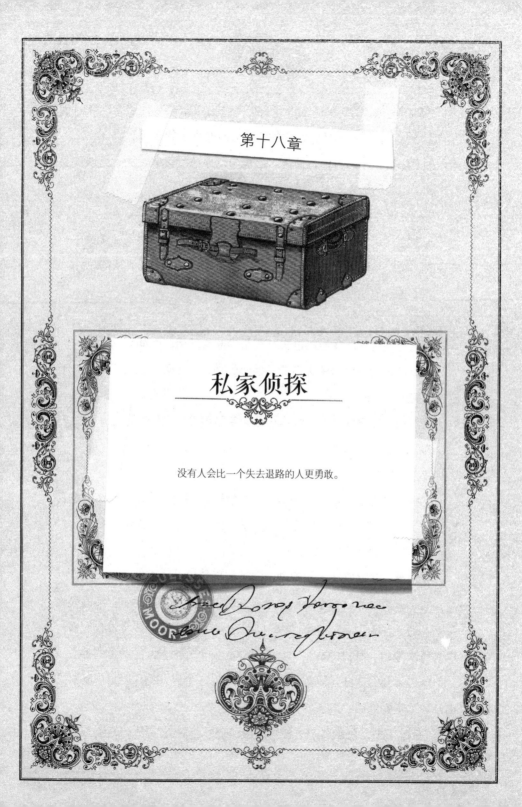

第十八章

私家侦探

没有人会比一个失去退路的人更勇敢。

"扭曲空间"，这是克拉克先生一直以来最常去的酒吧，此时他正坐在吧台前，喝着一杯他钟爱的醇厚到有些发苦的黑啤。

他心中有些矛盾，一方面为自己能够出来感到高兴，另一方面对自己还没有回家见过妻子感到自责。

克拉克先生的直觉告诉他留给自己的时间已经不多了。

老木匠法尼的话一直在他的脑海中回响着。那张书桌是从基穆尔科夫来的，所以自己手里的那个金色罗盘应该也是从那个地方来的。

儿子告诉他说自己每个周末都在那座小镇上。

在康沃尔？

要知道从这里出发坐船过去可是至少需要三天的时间。

如果说在此前他心中更多的是担心的话，那么现在他自己都不知道应该作何感想了。

穆雷到底在搞什么鬼？那座小镇到底隐藏着什么秘密？

儿子现在身处何方？

夜色已经降临，儿子已经失踪两天了。

克拉克先生往嘴里灌了一口啤酒，犹豫着到底应该做些什么，是否应该回到自己的家里……然后告诉妻子说她应该去一趟康沃尔？

不，不能这么干。

克拉克先生又喝了一口啤酒，同时把玩着手上的罗盘。

一个穿着风衣的男子坐到了他边上的座位上，拿起酒单，然后转过头来对他笑了笑，克拉克也回以一个点头。这个男人一头金发，有着一双浅色的眼睛，身材消瘦，行为举止看上去十分绅士，额头上的抬头纹令他的面容显得有些憔悴。在克拉克看来，这个男人的双眼之中隐约透出一种不安和焦虑。

"在过了那么久之后，这种感觉应该很好才对。"男人一边对着酒保

指了指酒单上的饮品，一边说道。

"您指的是？"

"我的意思是说，在监狱里应该没有像这里一样的地方吧？"男人对克拉克先生伸出手，自我介绍说，"我是詹姆斯·亨特，很高兴认识你。"

"我是不会和警察握手的。"克拉克先生直截了当地回答。对于便衣警察，他已经炼就了一双火眼金睛。

"哦，我可不是什么警察，更准确点说，至少现在不是一个警察。"

"但是您刚才的话就像是一位警察所说的，对我来说，这可不是什么好消息……"

"所有跟线索有关的地方，我差不多都已经走访过了。"

"这是什么意思？"

"星期五的时候我见了一位年轻人，一位非常能干的年轻人，他不愿意住在普通的房子里，而是选择在一艘船上生活……"

克拉克先生看着他。

"很抱歉，詹姆斯先生，我想我可能没有时间来听您详细讲述您的故事……"

"不，我想您会有兴趣的，这个男孩是一位程序员，非常出色的程序员，他的名字叫康纳，是您儿子的朋友。"

克拉克先生立刻警觉了起来，他上下打量了一番眼前的这个男人。

"你还知道我儿子些什么？"

"很少，正如你不认识我的儿子一样，我也没见过你的儿子。"男人的表情显得更加忧心忡忡，"而且，我也有很久没有见到我的儿子了。"

"请直接进入正题吧，我没有时间浪费在解谜游戏上。"

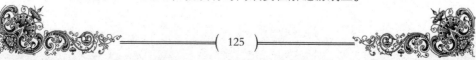

"也许你应该更有耐心些，因为发生在你这里的事情，在此之前已经在我的家人身上发生过一次了，这就像是一场残酷的解谜游戏一样，更准确地说，是像一首可怕的童谣里唱到的那样："一位女士不小心吃了一只苍蝇，由于担心，她又吃了一只蜘蛛，希望蜘蛛能够帮她吃掉肚子里的苍蝇，接着她又吃了一只老鼠，希望老鼠能够帮她吃掉肚子里的蜘蛛，直到最后……""

"我并不认识你，詹姆斯，但是我想如果你一直拐弯抹角，而不告诉我为什么你会坐到我身边的话，我可能会忍不住给你一拳。"

"我来是为了和你聊一聊，希望弄明白你知道些什么，所以我跟着你来到了这里。"

"为什么你要和我聊一聊？"

"因为我的儿子也失踪了，不是两天，而是很久。"

"所以呢？"克拉克先生突然感到头疼，也许事情比想象的更麻烦。

"有人打电话给我的儿子，就在不久之前，而且那个电话是从这里拨出的，根据我的判断，打电话的人很可能就是你的儿子，或者是他的某位朋友。"

"为什么你要和我说这些？"

穿风衣的男子有些费劲地吸了口气，闭上眼睛，缓缓地喝了一大口啤酒，几乎直接喝掉了杯子里的一半。

"你有没有想过有可能事情不只是像我们所看到的那样？"他看了一眼酒吧里的环境，问道："对于我们来说，一家酒吧、一座城市、一份工作、一个家庭就组成了人的一生，一个普通人平凡的一生。"

克拉克先生警惕地看着这个男人。

"你有想过吗？"

"我不知道你在说些什么。"

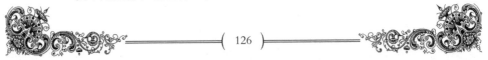

"我想说的是也许存在另一个不同的世界，一个虚幻的世界，充满想象力，充满冒险……当然也可能充满危险。尽管危险，但是你可以随时回家。"

"所以我们的孩子会在那里吗？"克拉克先生下意识地问道，尽管一切看上去都是那么不符合逻辑，但如果这是真的，他的一切问题都能够得到一个解释了。

"问题的关键不在于这个地方在哪里，而是我们怎样才能过去。"

克拉克先生的心跳得飞快。

"我的真名叫詹姆斯·哈斯利，我已经寻找我的儿子拉里有一年多的时间了。你有听到过这个名字吗？"

"是的。"克拉克先生确认说，"我曾经在我儿子写的故事书里读到过这个名字。"

"那你的儿子是怎样描述拉里的呢？"

克拉克先生有些紧张地干笑了两声。

"他说他们两人正在准备进行一场战斗，参战的还有一些海盗和……怪物。"

"你看？我刚才就是这么说的。有什么会比和海盗一起展开一场战斗更危险的呢？"

"他们到底是怎么……"

"嘘！"詹姆斯·哈斯利制止了克拉克先生，"在经过了一年半的寻找之后，至少有一点是我已经学会了的，那就是不要问怎么，而是问……哪里。"

"基穆尔科夫。"克拉克先生嘀咕着。

"基穆尔科夫，没错！"拉里先生突然激动起来，"我几乎走遍了康沃尔的每一寸土地，无论是陆地还是大海，根本就没有这个该死的名叫

基穆尔科夫的地方！"

克拉克先生咽了口唾沫，这一切发展得也太快了。

"也许你并没有带上某件正确的物品。"

说着，他将那枚金色的罗盘放在了吧台上。

第十九章

备战

总有人的备战方式与众不同，
比如，喜欢面对着镜子。

消息很快传遍了整个小镇，街道上、商店里、营地中，反抗军同伴们之间不再相互开玩笑，而是各自忙碌着进行战前的最后准备。

朗·约翰·希尔弗将负责海上军队的布阵，尤利西斯将指挥陆地上的军队。

眼看着虚幻印地会给出的最后期限就要到了，在风之旅店门前的码头上，战事指挥部正在召开最后的备战会议，复习作战部署的每一个细节。

按照计划，他们将会把敌人的船队分割开来，并特意露出小镇北方灯塔一带海岸线的破绽，让对方能够顺利登陆。

与此同时，一支反抗军的船队将会在外部海域假装与敌人交火，分散对方的注意力。而康纳会驾驶着墨提斯号出现在那里，只要拉里在那里的话，他一定会不顾一切地追上去。为了达成这一目标，朗·约翰·希尔弗挑选了肖恩、瑞克·班纳和其他几位海盗精英来协助康纳。

陆上部队的主要任务则是保护港口和小镇，并为海上军队提供支援，反抗军已经将镇上的教堂改建成了一座临时医院。

基穆尔科夫镇上的房屋此时已经全部被加固了，所有的门窗都上了锁，并且安装了木质防护条。街道上，人们将沙包堆起来，做成了简易的掩体，来阻碍敌人的前进。

布拉迪兄弟坐镇教堂屋顶，操控着他们的直升机，向四面八方传达指令。

鹦鹉螺号由于能够从水下突袭虚幻印地会的船只，因此它被赋予一项特殊的任务——想办法找到虚幻印地会的旗舰并击沉它。

整座小镇正笼罩在战争的阴影之下，就在距离小镇几百米的地方，加里比教授和米娜爬上了灯塔的顶楼，两个人用金属和木头搭起了一些

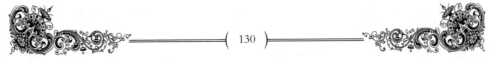

架子，并将从小镇上收集来的镜子安装了上去。加里比教授向女孩讲述了天才发明家阿基米德在第二次布匿战争期间，利用凸透镜的原理成功击退罗马军队的故事。

"所以说这真的能有用吗？"米娜问道。

"你是说烧掉对方的船只？不行，那可不行，至少没有任何证据可以证明当时的迦太基人利用这个烧掉过罗马人的船只。"

"那我们这是在做什么呢？"

"到时候你就知道了，也许这将成为我们扭转战局的关键。在一场形势不利的战争之中，只有出奇才有可能制胜，这可不是我说的话……尽管我从来没有遇到过这种四面楚歌的情况，不过好在我之前也算是读过一些这方面的书。"

这时，一阵刺耳的警报声突然响彻天空，地平线上出现了十来条船的影子。

其中包括蒸汽机船、商船和军舰，它们笼罩在一片黑色的烟雾之中。船只的甲板上矗立着各种各样的设施，从远处看上去，这些船就如同漂浮的城市一样。

一个声音很快从基穆尔科夫镇上传到了海岸边："所有人注意！各就各位，准备战斗！"

米娜感到后背传来了一阵寒意。

幸好自己现在身处陆地，这给了她些许的安全感，不过万一虚幻印地会的军队攻占了港口的话，她又该怎么办呢？

即使他们能够成功击退虚幻印地会的军队，反抗军方面又将付出怎样的代价呢？

"加里比教授……"米娜指着远处海面上正陆陆续续涌现出来的军队低声说道，"您也看见了吗？"

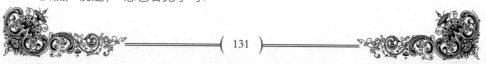

"是的，米娜，我也看见了。"

加里比教授给了女孩一个拥抱。

"我们也赶紧行动吧，大战真的要来临了……"

第二十章

一切的开始

只有明白了事情的起因，
才能知道问题出在哪里。

几条溪流交汇在平原的一侧，小溪边，几幢木质民宅因其艳丽的色彩显得格外引人注意，野草从房顶瓦片的缝隙中长出来，似乎在竭力抹去这片荒凉土地上人类的痕迹。

从远处的两座火山口里缓缓升起两股黑烟，密密麻麻的黑色印记环布在四周，如同血管一样。

天空阴沉沉的，令人感到喘不过气来。

穆雷拦住了一个路人，询问他是否知道拉里的家，这个四十出头、一副农民装扮的男子一脸茫然地看着男孩，似乎根本就没明白他的话。

幸运的是，穆雷很快就遇见了两个比自己大不了几岁的女孩子。在打量了一下穆雷，并相互低声讨论了一阵之后（也许在这里很少会遇见像穆雷这样穿着毛皮大衣的男孩），两个女孩指了指村庄的北方，也就是有火山的那个方向。

穆雷的身后，大海如同一把圆月弯刀一样环绕着陆地。

大约十分钟之后，穆雷来到一幢平平无奇的房子前，房子的正面是橘色的，门和窗户则被漆成了蓝色，屋顶上长满了野草。

穆雷敲了敲门。

"詹姆斯，是你吗？"一个女人的声音问道。

"不。"穆雷简短地回答。

房门打开，里面走出了一位妇人，看上去大概和穆雷的母亲差不多年纪，脸上的皱纹令她显得十分沧桑，一头银色的长发披在肩上。妇人的手上拿着两根毛衣针，穆雷这才注意到在她身后的房间里堆放着不少毛线、围巾和毛衣，如同一个仓库一样。

"你是哪位？"妇人问道。

"我是拉里的朋友。"

一听到这个名字，妇人的脸唰的一下变白了，瞪大了双眼。这一刻，

整个画面仿佛静止了一样，安静到令人能够清晰地听见屋子里传出的钟表的嘀嗒声。

"你说你是我们家小拉里的朋友？"

"是的。"

"他现在在哪里？"

"很遗憾，这我也不知道。"

两人对视了将近有一分钟的时间，这一刻，穆雷能够清楚地感受到痛苦几乎摧毁了眼前的这个女人，让她变得如同行尸走肉一般。说实话，穆雷对现在的这个局面并没有做好准备，不过他很清楚这位女士显然已经失去了冷静思考的能力。

穆雷根据拉里的故事好不容易才追寻到了这里，从虚幻印地会到普罗米修斯号，从普罗米修斯号到冰岛。

然后再找到了这里，拉里的家——一切开始的地方。

"那你来这里做什么？"妇人冷冷地问道。

"我想看一眼他的房间。"穆雷回答说。

"他的房间？"

"是的，拜托了……"

妇人看了他一会儿，然后摇了摇头，侧身让穆雷进屋。伴随着穆雷的脚步，木地板发出一阵咯吱咯吱的声响，扬起的灰尘和细绒飘进了紧邻着的狭小厨房里。

在穆雷看来，这里根本就不像是一个现实的地方，他仿佛置身于那个可以以他的意愿随意改变的虚幻世界之中。

但这里确实就是拉里的家。

在经过一条过道之后，穆雷来到了楼梯前。

穆雷深吸了口气，他到底是为什么要来这里呢？

他期待在这里找到什么？

穆雷自己也不知道。

他是来寻找拉里，或者属于拉里的某些东西的，正如他去黑暗岛、去泽祖拉城、去新图勒、去克罗姆城堡时的目的一样。

"打扰了……"穆雷自言自语道。

妇人如同一个在冰岛的商店里随处可见的那种木头人一样，一动不动，一言不发。

穆雷的直觉告诉他，拉里的房间应该就在楼上，不然的话他也不会总是把自己的房间建在顶楼。

穆雷走上楼梯，在尽头，他看到了一扇非常熟悉的门。

因为这扇门他已经见到过两次了。

穆雷伸出手去。

这时他听见楼下传来了一阵奇怪的声音，拉里的妈妈又开始织起了毛衣。

第二十一章

外海

时代改变了，
战争的胜负不再简单地由人数的多少来决定。

山崖顶上的阿尔戈山庄里，泊涅罗珀看着远处的海上。虚幻印地会的先遣部队已经出发，向着港口的方向推进。随着距离的缩短，这些舰船排列成若干个方阵，看上去至少有两百艘，黑压压的一片，如同冒着黑烟、移动着的钢铁长城。

相比之下，反抗军这边就显得像是一群乌合之众，除了鹦鹉螺号和烟壶号之外，几乎所有的船都是帆船，有的是二桅，有的是三桅，有的甚至是渔船改造的，面对虚幻印地会的钢铁大军，几乎没有还手之力。

"事情会怎样发展呢？"泊涅罗珀问道。

尤利西斯从身后抱住了妻子，说道："是福不是祸，是祸躲不过。"

"那你觉得是福还是祸呢？"

"这一点没人能够预言，但是无论如何，我们的人生将由我们自己做主，我们的命运也将掌握在自己的手里，我们将会守护属于自己的自由。"尤利西斯的脸上挤出一丝微笑。

"属于自己的自由……"泊涅罗珀嘀咕着，"听上去挺悲壮的。"

"看情况吧，有时候我们必须坚持某些事情，就当下而言，这个世界确实已经受到了一定程度的伤害……"尤利西斯说道。

第一声炮响突然划破了天空，开火的正是墨提斯号，一股白烟从维京船的侧面升起。尤利西斯露出了微笑，年轻人就是应该这样有干劲儿。

如果每个人都能像康纳这样果断就好了。

很快，密集的炮声夹杂着士兵的喊叫声接踵而至，海面上乱成了一锅粥，大火开始吞噬交战双方的先头部队。

"我得走了，泊涅罗珀。"尤利西斯看着妻子说道，在她的眼睛里，橙色的火焰在不停地跳动着，多年之前，一场大火差点儿让她忘记了自己是谁。

"这一次我不会再忘记了。"老妇人转头望向自己的丈夫，伸出一根手指贴在他的嘴唇上，"不要和我道别。"

"为什么？"

"因为你每次不辞而别的时候，最后都能安全回来。"

尤利西斯笑了笑。

"我说的是真的。"

"因为冒险的精神已经融入了你的血液之中，摩尔先生……"泊涅罗珀回以一个微笑。

就这样，基穆尔科夫的守护者离开了自己的山庄，他努力克制住自己回头的冲动，因为他不想让这次离开成为一种告别。

山庄的铁门外，蜿蜒的山路通往小镇，埃俄洛斯号停在不远处，正是这架水空两用飞机将尤利西斯和孩子们从食人族的部落里拯救了出来。

飞机已经启动，发动机发出迫不及待的隆隆声。

一块石头卡在飞机的前轮之前，肖恩站在机首处，等待着尤利西斯。在过去的几天时间里，加里比教授不但对这架飞机进行了维修，还对其进行了升级，加装了防护钢板，并配上了教授特制的燃烧弹，现在它看上去像是一架战斗机与水空两用机的混合体。

"我们确定这架老古董能上战场吗？"肖恩见到尤利西斯之后问道。

"我相信加里比教授的水平，他可是一直忙到了昨天深夜……"

"这我知道，不过……在家里组装一套玩具赛车的赛道是一回事，现在这东西可是得要在海上飞行啊……"

肖恩拍了拍飞机的侧面，如同在安抚一头凶猛的飞禽一般，作为回应，飞机的排气管里喷出了两股黑烟。

"看来你们都很喜欢对方呢。"尤利西斯见状，开着玩笑说道。

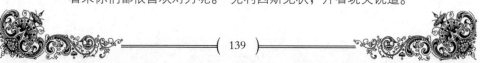

"都这个时候了您还这么淡定？还有心情开玩笑？难道您不知道现在的状况吗？您没有看到对方有多少船吗？对方拥有压倒性的优势呀……"

尤利西斯的脸上看不出一丝惊慌，他戴上了飞行员头盔，然后说道："是的，他们确实在人数上占优，而且武器也比我们的精良。"

"您说这些可没法鼓舞我方的士气……"肖恩嘀咕着。

"我没想着希望通过这些话来提升士气，我只是想告诉你，每个男人在他的一生之中，总会有面临挑战的时刻，这时候需要你敢于赌上自己的一切，去面对困难。对于你来说，可能这个时刻来得有些太早了，不过只有经历过之后，你才能够成为一个真正的男人！"

"如果是这样的话，对于一个女人来说也是一样的……"这时，一个声音从两个人的身后传来。

肖恩和尤利西斯吃惊地转过头来，只见泊涅罗珀穿着一身飞行服，正快步向两个人走来。

两个人张大了嘴，看着女士灵活地跳上了埃俄洛斯号并坐在了驾驶位，仿佛这一切都是理所当然的。

"怎么了？你们这是什么表情？"泊涅罗珀对站在飞机边呆若木鸡的两人说道，"难道你们从来都没有见到过女性飞行员吗？"

"可那应该是我的位子才对啊。"肖恩指着驾驶位嘀咕着。

"你的？那么谁来拿走卡住飞机的那块石头呢？"泊涅罗珀反问道。

女士望向自己的丈夫，只见他一只手使劲抓着自己的头发，同时脸上露出了一丝不易察觉的微笑。

"勇敢，急性子，难以预测……"老者的微笑似乎在表达着这个意思，"这就是我的妻子。"

"肖恩，"尤利西斯说道，"看来计划有所改变了，你来负责地面部

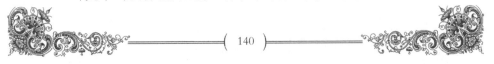

队的抵抗，而我和我的妻子……来负责空中的作战。"

肖恩的脑海中一片空白，直到前一刻，他还因为要进行空战而害怕，而现在，他却因为无法再亲自参加空战而感到遗憾。

"你们商量好了吗？可以出发了吗？"泊涅罗珀坐在驾驶位上问道。

尤利西斯走到肖恩的身边，双手搭在男孩的肩上，让他看着自己的眼睛。

"肖恩，我的孩子，你先按照我说的去做，记住，我们反抗军有一件武器是虚幻印地会所没有的，这件武器非常强大，且十分危险。"

"你说的是什么武器？"男孩眨着眼睛，有些兴奋地问道。

尤利西斯用手掌拍了拍自己的左胸，并没有直接回答。

"等你的伙伴穆雷回来的时候，你就能够亲眼见到了。"老者最后说道。

说完，他也登上了飞机。肖恩只感到一阵战栗从头传到脚下。

尤利西斯轻轻抚摸了一下坐在前方的泊涅罗珀的头盔，然后说："肖恩，一切就绪……去掉轮子前的石块吧！"

肖恩点了点头，似乎下定了某种决心，他挪走了第一块石头，然后是第二块，等飞机开始沿着斜坡滑行的时候，他让到一侧，避开机翼。

"为了虚幻世界的自由！"肖恩举起拳头在空中挥了挥，大喊道。

"为了基穆尔科夫的同伴们！"摩尔夫妇回应道，同时飞机开始缓缓加速。

当飞机抵达第一个弯道的时候，泊涅罗珀用力拉起操纵杆，随着轮子离开地面，飞机快速飞向大海。

尤利西斯转过头来，望着逐渐远去的海岸线以及越来越小的阿尔戈山庄。

"谢谢。"他说道。海风吹在他的脸上，令尤利西斯感到有些疼痛。

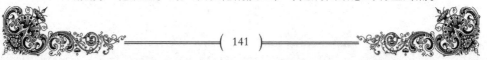

"什么？"泊涅罗珀问道，"这难道不是我们几个世纪之前就说好的事情吗？"

"一直陪伴到永远。"尤利西斯说道。

"一直陪伴到永远！"泊涅罗珀重复了一遍，面对二人的最后一战，她心中充满了希望。

第二十二章

两个敌人

在卧室里，
即使是一个国王，
也会换上睡衣。

拉里突然从床上坐了起来，将他的那只布偶兔子紧紧抱在胸口，一脸惊恐，仿佛刚从一场噩梦中醒过来一样。

"你？你怎么会在这里？"他看着门口问道。

穆雷在门外停下了脚步。

"找到了。"穆雷心想，"终于找到了，原来他一直都在自己的房间里。"

卫生间里传出一股臭味，浴缸里的水已经变成了棕褐色，黏糊糊的。

拉里就站在他的面前。

窗户关着，床单掉落在地上，将其他的玩具士兵卷在一起，除此之外，还有一些玩具船，围成了一圈。

还有……一只猫躲在角落里？

"你在这里做什么？"拉里大喊起来。

穆雷并没有直接回答，他也不知道该说些什么，男孩寻找了太多地方，如此仓促，甚至都已经回到了过去。

直到最后，才找到了这个房间。

此刻，连他自己都不清楚身处何方：是在位于冰岛的拉里的家里吗，还是在另一个地方，或是在另一个世界？

他感到很疲惫。

"这里是我的房间！"拉里愤怒地喊道，抓紧了自己的兔子，"你没有权利进来，没有人能够未经允许来这里！是吗，韦斯克斯？是这样的，对吗？"

穆雷摇了摇头。

站在自己面前的正是虚幻印地会的首领，一个在虚幻世界中呼风唤雨、令人闻风丧胆的人。

而现实是……

"你是在和自己的布偶兔子说话吗？"

"我爱和谁说话就和谁说话！"

"韦斯克斯……"穆雷自言自语地重复念叨着这个名字，这令他想起了毕翠克丝·波特笔下的那个坏兔子角色。

他可不爱看这些故事。

房间里的地板开始发出咯吱咯吱的声响，如同地震了一样。一扇窗户突然打开，外面的场景开始起变化，平地开始翘起，泥土连同房子的色块缓缓地飞向天空。

所有的东西都开始动了起来。

包括这间卧室，只不过无论它飘向哪里，房间本身并没有任何改变。

"这次你又想逃去哪里？"穆雷问道。

"你没有资格问我！是你侵入了我的地盘！"拉里回答说，他张开双手，"这里是我的王国！我的王国无处不在！"

"我没有王国，我也不想有属于自己的王国。"

"你自己都不知道想要什么！穆雷，你生来就得到别人的关照！你生来就得到别人的注目！"

穆雷后退了一步，从卫生间里传出来的臭味令他感到有些恶心。

"你想知道我们现在要去哪里吗？那我就满足你的好奇心吧，我们去明珠之城！"

"在那座城市里有一股非常难闻的气味！"

"我会叫人抓住你，然后把你投入大牢！"拉里大声喊道，"这样你就只能眼睁睁地看着我去和我的军队会合了！"

"什么军队，拉里？"

"就是现在正在攻击基穆尔科夫的军队。"

穆雷愣了一下，感到有些意外。"可是你并不知道基穆尔科夫在什么地方……"他说道。

"我已经知道了，"拉里回答说，"而且我这里还有一张照片！你看看，尤利西斯和泊涅罗珀相互拥抱在一起，多浪漫啊！"

穆雷并不清楚拉里在搞什么鬼，不过他决定先不轻举妄动，这不正是自己所希望的吗？找到拉里，和他好好聊聊。

"所以你最终的目的就是复仇吗？因为他们没有带你去阿尔戈山庄？"

"也许你并没有意识到自己在说些什么，现在，所有人都不敢拒绝我，因为他们都害怕我。"

"我知道你的故事，拉里，是普罗米修斯号先过来找你的，也是它把你带到了虚幻世界，但问题是那艘船是不被基穆尔科夫所接受的。这只是一个巧合，或者说是你的运气不太好而已，普罗米修斯号和墨提斯号如同一枚硬币的正反两面，两者共生共存，如同一个人。没有恐惧就不会有勇气，没有失败就不会有成功，没有你也就没有我。"

穆雷说着这些牢笼之岛上的贤者告诉他的话，拉里静静地听着。

同样的话，他应该在穆雷之前就已经听过一遍了。

穆雷看了一眼窗外，此刻已经出现了一座城市和一片灰色的屋顶。

这里是明珠之城。

"你的话可真多，穆雷……"拉里说道。

这次，拉里的语气似乎和之前略有不同，穆雷明白，他害怕了，这种恐惧源于房间里只有他们两个人的事实，以及穆雷没有得到他的允许就进入了房间。

甚至都没有敲门。

穆雷能够打开连接着不同世界的大门。

而拉里仍然不会，他用力抓住自己的兔子，是的，他有些害怕了。

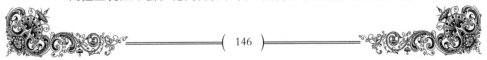

"当他们离开你之后，你先做了些什么，拉里？"穆雷问道，"你马上去了克罗姆城堡，还是说那座城市就是你建造的，所以那里才没有人居住吗？"

"别说了。"

"还是说你去了牢笼之岛，见到了时光之门的建造者，牢笼之岛上的第一位囚犯？我也见过他，他还对我提到了你，你知道他是怎么说的吗？他说他很失望！他原本期待你可以更出色的！"

"我说让你别再说了！"

"在牢笼之岛也有一间你卧室的翻版对吗，还是说从头到尾你的卧室就只有一间？你为什么要这样做呢？因为你害怕离开这里？你只能够在房间里到处移动，把它作为你的移动城堡？"

"穆雷，穆雷，穆雷……"

"你的金鱼死了多久了？在那儿的浴缸里，水都已经臭了，你没有意识到吗？你让你的部下通过水池的水来和你沟通……是的……水……我在家的时候……就是在浴室里听见你的声音的……"

"我的声音无处不在。"拉里有些痛苦地嘀咕着。

"你把这个房间里的一切都变成了自己的军队……虚幻印地会……你让整个虚幻世界陷入了战火和钢铁洪流之中……"

"很可惜，这些都已经成为事实，无法改变了。"

"这一切只是因为别人没有接受你？"

"没有人敢对我说不！我是虚幻印地会真正的首领！"

穆雷后退了一步，他被男孩的歇斯底里吓了一跳。窗外房屋的屋顶开始崩坏，如同被一道黑色的闪电击中了一般，一大群鸟因受到惊吓而飞离了城市。

穆雷想起了自己变出金币用来租用雪橇的时候，那些雪橇犬紧张的

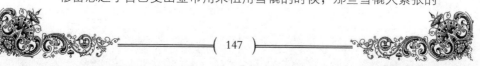

吠声。没错，在拉里创造的王国里，他确实有着绝对的能力。

"你生病了，拉里，你所做的一切只是因为你不知道还有别的什么可以做的……甚至连你自己都没有意识到……"

"够了。"

"你只是一个孩子，你所做的一切只是因为得不到某件东西而想要复仇。"

"我说已经够了。"

"所以你希望别人也和你一样感到痛苦，因为你把自己的痛苦归咎到别人身上，但是……这一切都是你自作自受！"

"够了！"拉里吼着将兔子扔到了地上，朝着穆雷扑来。

说时迟，那时快，两人同时摔倒在地，一拳一脚打到了一起，如同两个顽皮的孩子在相互扭打一样。

这场打斗并没有持续多久，穆雷很快便占据了优势，他坐到了对手的肚子上，双手紧紧地抓住拉里的手腕，拉里的脸涨得通红。

此时的他根本不像是虚幻印地会的首领，只是一个打架输掉的普通孩子。

穆雷突然感到一阵心软，正是这片刻的犹豫，让情况发生了变化。

拉里挣脱开来，朝卧室的房门跑去。

就在拉里离开房间的那一刻，穆雷站起身来。

他闭上双眼，集中精神，大喊道："去冰岛！"

窗外的景象瞬间发生了变化。

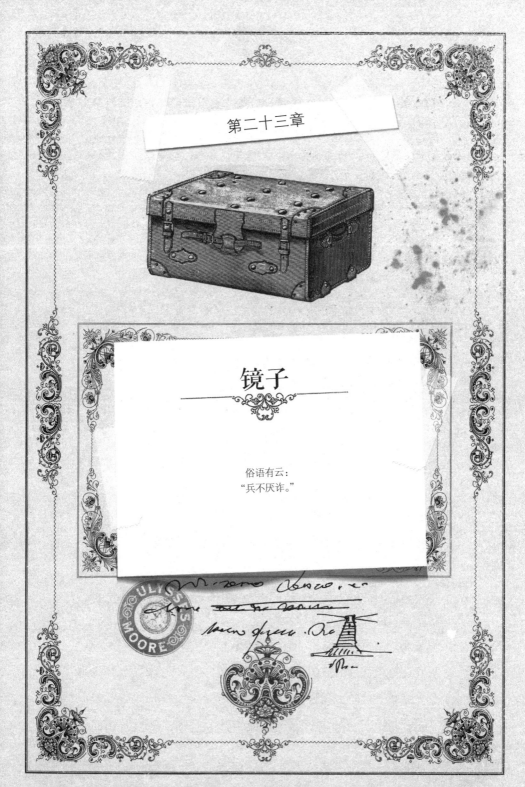

第二十三章

镜子

俗语有云：
"兵不厌诈。"

"差不多可以了。"尼莫船长对着驾驶室说道。鹦鹉螺号从海面下绕到了虚幻印地会军队的后方，准备上浮。

在最后看了一眼驶向基穆尔科夫的军队之后，他收回了潜望镜。

"让我们看看对方除了人数众多之外，是不是带了脑子。"尼莫冷笑了一声说道。

突然，就在距离鹦鹉螺号不远的地方发生了一起爆炸，巨大的冲击波令潜艇开始摇晃起来，幸亏尼莫船长及时抓住了潜望镜，才没有摔倒。

"是深水炸弹！我们被发现了！"副驾驶大声喊道。

"这不可能！"尼莫大吃一惊，他并没有看到任何深水炸弹的影子，不过整个海底似乎一下子开始颤动了起来。

"立刻上浮！"他喊道。

"可是，船长先生……"

"这是命令！"

潜艇上的人员并没有多说什么，立刻开始操作起来，就这样，鹦鹉螺号出现在距离虚幻印地会战舰舰尾十几米的海面上。黑色的船身刚露出水面，一大群喽啰就乘着摩托艇围了上来，嘴里不停地大喊大叫着。

一阵枪林弹雨击打在鹦鹉螺号的钢铁外壳上。

"各就各位！"尼莫站在船舱的中央，下令道，"倒数三、二、一，发射！"

一道白色的水波从潜艇内射了出来，贴着水面向敌舰迅速滑去。

四周摩托艇上的喊叫声越发响亮。

尼莫再次打开潜望镜，在心中默默倒数着。

一记闷响从敌舰的方向传来，鱼雷准确命中目标，那艘战舰如同一头受伤的猛兽一般向一侧倾斜过去。

"立刻下沉！"舰长再次命令道。

很快，鹦鹉螺号回到了水下。

"舰长先生……"一位船员走上前来报告，"请过来看一下……整个海底似乎正在移动！"

"开火！开火！开火！你们这帮小崽子！开火！"朗·约翰·希尔弗站在甲板上不停地大喊着。

船上的大炮猛烈地发射着，在大炮的空隙之间，还摆放着几台由加里比教授设计的投石器，向敌舰投射由沥青、油蜡、酒精和胶水做成的"贝壳炸弹"。这些特殊的炸弹一旦遇到障碍物，便会毫不留情地将其包围在火海之中。

朗·约翰·希尔弗从甲板的一侧走到另一侧，根本看不出少了一条腿，他眼中闪着兴奋的光，一边大骂，一边大笑着。

"开火！把这帮该死的家伙狠狠地打回去！前进！向右！从中间突破，然后我们再撤！"

四周，巨大的铁甲战船不停地向他逼近，不过朗·约翰·希尔弗毫不畏惧。

他的一生经历了太多次战斗，而这一回将成为他最值得炫耀的一次！

面临绝境，背水一战！

"前进！"他的吼声响彻整个甲板，"为了自由！"

这一战不是为了他自己，也不是为了他的财宝、他的家庭、他的女人。

这一战是为了所有人！

"这才是男人的战斗！"他对着死亡露出轻蔑的微笑。

"尽量飞得低一些，到那里……然后再离开。"当飞机抵达战区之后，尤利西斯对着泊涅罗珀说道。

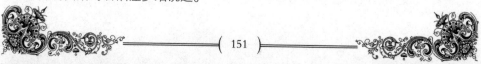

飞机穿过隆隆的炮声和一道道黑色的烟柱，泊涅罗珀先是以九十度的角度将飞机拉起，然后突然一个俯冲，贴着一艘战舰的桅杆飞过。

"那是什么？"她喊道。只见两条巨大的黑影出现在海里，几乎贴着水面移动着。

正当她转过方向，准备再次飞过去看清楚的时候，那两条影子消失不见了。而在不远处，一艘巨大的铁甲船正冒着火光，向一侧倾斜着，船身上开了一条巨大的裂口。

"尼莫成功了！"尤利西斯指着那条裂口喊道。

泊涅罗珀操纵着飞机转过一个方向，拉升，然后又是一个俯冲。

"在那里！"尤利西斯不得不用尽力气喊叫，才能够盖过飞机引擎和风的噪声。

"我们的目标是哪一艘船？"泊涅罗珀问道。

"我得向你承认一件事情。"

"什么事？"

"就是我并没有将完整的计划告诉你。"

"什么意思？"

"因为我们的任务不单单是投下炸弹……"

"尤利西斯，你在说什么？"

"你不用担心，先朝着那艘单桅帆船的方向飞过去……就是向着灯塔方向前进的那艘。"

"然后呢？"

"然后我想我又得和你道别了！"

泊涅罗珀转过头来，一脸担心。尤利西斯从座位上站起身来，拉紧身后背包的绑带。

"尤利西斯，你不是在开玩笑吧？"

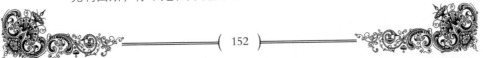

"没时间解释了！我爱你，泊涅罗珀！"

说完，尤利西斯纵身一跃，跳了下去。

战况正向着反抗军预计的方向发展，在朗·约翰·希尔弗和他的海
盗同伴们的拼命奋战之下，虚幻印地会的军队被分成了两部分，呈扇形
散开。其中一部分开始向着没有设防的小镇北侧，也就是伦纳德·米纳
索的灯塔方向进发，这部分部队主要由机动力较强的船组成，包括摩托
艇和轻型战船，适合在浅水域以及登陆作战，而军队则主要由黑暗岛的
黑帮喽啰以及灰色士兵组成。对这些灰色士兵，反抗军管他们叫克隆人，
这个名字来源于一本古老的书籍*。

灯塔顶上的风很大，加里比教授和米娜紧紧抓住那个安装了他们在
小镇上找到的所有镜子的架子。

"现在怎么办？他们马上要登陆了！"米娜喊道。

在两人的身后，灯塔的探照灯四周已经布满了镜子，并且在加里
比教授的改造之下，可以通过布拉迪兄弟的玩具直升飞机的遥控器来操
控。在灯塔脚下，由骑士、强盗、盗贼和弗兰肯斯坦本人所组成的反抗
军正蓄势待发，等候着信号，准备对登陆的敌人进行突击。

"别着急，小妹妹。"加里比教授握紧遥控器的操纵杆，抬头看了一
眼天空，寻找着载有尤利西斯的飞机，当见到它飞来的时候，加里比教
授如释重负地说道，"来了，果然像感冒一样准时！"

"像什么一样准时？"

"这是我妻子最喜欢的说法！"加里比教授大喊道，"因为她总是在

---

* 译者注：埃尔多·哈斯利在所著的《美丽新世界》里，提出了克隆人的说法，它指的
是通过特定的方法，从一颗受精卵分裂而出，最多能产生 96 个完全相同的个体。

我们去度假前得感冒！所以……我们都没怎么一起度过假！当心，遮住你的眼睛！"

说完，加里比教授开始转动遥控器上的摇杆……

一开始，四周并没有任何变化，正当米娜开始怀疑是不是设备出现了什么问题的时候，她听见了一阵机关的声音，一些镜子从架子上掉下了山崖，同时，探照灯在遥控器的控制下转动起来。

突然，灯光打开，在周围镜子的反射之下，整个探照灯如同太阳一样明亮，照向了海面上的敌船。

冲在最前面的摩托艇纷纷开始减速，并掉转船头，寻找阴影处躲避，而加里比教授控制着镜子的反射角度，令灯光尽可能照亮更多区域。

"这些镜子不管用啊，加里比教授！"米娜很快注意到，灯塔的灯光除了让敌军感到有些难受之外，并没有造成任何实质性的伤害。

正在这时，一件奇怪的事情发生了，一艘轻型战船在探照灯的照射之下突然起火并爆炸，很快，紧随其后的一艘摩托艇也开始着火，燃烧时所散发出的浓烟很快将两艘船包围并吞噬。

"有效果了！"米娜兴奋地大喊道，"书上说的是错的，炼金术确实存在！"

加里比教授看了米娜一眼，满意地回答说："从某种意义上来说，是的！"

虚幻印地会的海军一下子陷入了混乱之中，没有人能够预见到反抗军居然掌握着如此恐怖的武器，为了避免被灯光照射到，许多船开始掉头，另一些则逃向北方，希望能够尽快离开探照灯的射程。

"敌人开始动摇了！"米娜喊道。

"是的，希望他们不要识破我们的把戏。"

"什么把戏？"米娜问道，"您是说我们用镜子做的放大镜吗？"

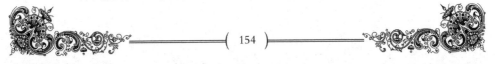

“没错，那只是战术中的一部分。”

“所以呢，那些爆炸是？”

“当然是有人从空中帮忙啦！”加里比教授说完，对着米娜眨了眨眼睛。

尤利西斯从一艘轻型战舰的下方浮出了水面，稍作停留，喘了口气。

他的双手沾满了沥青和汽油，尽管有些刺痛，不过好在计划似乎还算顺利。燃烧弹的爆炸正好赶在了探照灯照射到船只的时候，这样一来虚幻印地会的士兵们对于反抗军拥有超级激光武器似乎是深信不疑了，如此一来，当他们再次发动进攻时，就得好好掂量掂量了。

当人数不足的时候，他们就只有通过这种方法来打击对方的士气了。

只不过，尤利西斯已经累到快要虚脱了。他向着陆地的方向游去，但是很快便意识到自己已经不再拥有年轻时的那种身手了。

正在这时，他突然用眼角的余光瞥到了身体下面有一个巨大的影子，一开始他以为是一条鲸鱼，毕竟鲸鱼曾经多次出现在他的冒险旅途中，不过随后他注意到这个影子移动得非常缓慢。

不，这并不是一条鲸鱼，也不像是潜水艇。

那到底会是什么呢？

尤利西斯潜入水里，想去一探究竟，与此同时，这个影子也变得越来越大。

直接将他托出了水面。

第二十四章

回家

当和对手面对面的时候，
你永远都不知道对方的心里在想什么。

"不，这不可能！我怎么会在这里？"拉里走出房门的时候突然大喊道。

在楼梯尽头的客厅里，母亲放下了手中的毛线，呆呆地看着他。

"我不要回这里……"拉里哭丧着脸说道，迅速转身跑回了自己的卧室。

他关上房门，环视了四周一圈。

四面墙上挂着的照片全部面向着内侧，拉里将它们扯下来之后扔到了地上。

"我不要回来这里！"穆雷再次喊道。他只是站在一旁，静静地观察着。

在他看来，现在所有的事情总算是有了一些比较清楚的逻辑。正如他在泽祖拉城遇到的村长所说的，拉里几乎从不离开自己的房间，而唯一例外的那次是在牢笼之岛上的时候，他的登场最终也是以闹剧收场。不过有一点穆雷还是不太明白，为什么拉里自己的房间会成为虚幻世界的一部分，从而能够在那里随心所欲地移动。

和其他虚幻之地一样，拉里的房间仍然保留着现实的一部分，毕竟虚幻世界里的这个房间和拉里在见到普罗米修斯号那晚的房间是一样的。

尽管拉里一直想要脱离现实世界，但是虚幻世界的那间卧室和现实世界里的卧室仍然保留着一丝联系，这是拉里所无法斩断的。

"你走！"虚幻印地会的首领见到穆雷仍然在房间里的时候，几乎失去控制。他害怕，他愤怒，他想要杀死眼前的这个敌人，然后摧毁一切。

因为这个人令自己所有的计划都破产了。

"拉里……"

"你走！"

"我能明白这种感受！"

拉里将书架上的东西全部扫到了地上："我的仆人呢？沃兰德！奎普！库尔兹！你们在哪里？奥布莱恩、战狼拉尔森、比尔·希克斯、菲拉古佐，你们为什么把我一个人扔在这里，和这个疯子一起？"

"拉里，我不是一个疯子……"

"我也不是个疯子！"拉里已经有些歇斯底里了，他拿起书柜的一块隔板，用力挥动着，然后又扔了出去。

"我能明白这种感受。"穆雷重复了一遍，仍然保持着镇定。

"你不懂！你什么都不懂！"

"好的，好的……"穆雷顺着他的话说道，"那你可以告诉我，你是怎么来到这里的？"

"我是整个世界的国王！"拉里大喊着打开窗户。

窗外是一片平原和小镇上的房子，远处还能看见大海。

"但这里不是我的王国！"

窗户，平原，天空，墙壁，一切都开始颤抖起来。

"在我的世界里一切由我做主！"拉里喊道。

拉里所爆发出来的力量将穆雷摔倒在地。

"我知道……"穆雷继续说道。

"你知道什么？"

"我知道一个人想要去一个地方却去不了的时候是什么感受……"

拉里的眼睛里冒着怒火。

"三年以来我无时无刻不在想着我父亲所在的那个地方是什么样子，"穆雷继续说道，"因为他们不让我去看他，也不让他回家。我实在是太想他了，以至于有时候我会安慰自己其实他并没有在监狱里，而是

去远方旅行了。我会想象他是否会给我写信，因此我也会写信给他，但是由于我的生活实在是平淡无奇，所以我会想出一些冒险故事来作为信的内容。所以我很能够理解你回到现实的感觉……"

"我得离开这里，"拉里低声说道，"我得去基穆尔科夫……"

"为什么？"

拉里看了一眼四周，耸了耸肩。

"去一个地方一定要有理由吗？"他缓缓地问道。

"不用。"穆雷回答说，"不是一定要有理由的。"

穆雷从地上爬了起来，看着自己面前的拉里，两人看上去如同是在进行着一场决斗，一场没有刀剑和手枪的决斗。

"我可以带你过去。"穆雷嘀咕着。

拉里的呼吸开始急促起来。

"但是你得答应我，去了那里之后，得让所有的闹剧结束……"

拉里并没有说话，他慢慢恢复了平静。

"你能答应我吗？"

"可以。"拉里说道。

于是穆雷闭上了眼睛。

窗外的天空突然暗了下来，随后一道光芒划过天际……

所有的声音都接踵而至：海浪声、海盗的呼喊声、火焰燃烧时发出的噼噼啪啪声，以及隆隆的炮火声。

"你输了！"拉里对自己的敌人说道。

第二十五章

梦的方向

当一艘船想要去某个地方的时候，
船长最好选择相信它。

墨提斯号已经完全失控了，无论康纳如何转动方向舵，它仍然沿着自己的航线在前进，似乎压根就没有想要回头。

"船长！我们这是要去哪里呀？"船上的海盗大声问道。

墨提斯号是第一艘开火的战船，也是第一个冲进敌阵里的先锋。敌人的炮火如同雨点一般落在他们的周围，在船身上留下了一道道难以磨灭的伤痕。之后，又有敌人将连着抓钩的绳子抛到了甲板上，十几个克隆人尝试着登上船，幸好康纳冷静应对，在他的帮助下，墨提斯号得以灵活地游走在敌阵之中。但是，在某一个时刻，它似乎突然改变了主意，不再理会康纳的驾驶，而是掉转船头，向着敌人后方的海域驶去。

向着那片隔离开虚幻之海和现实世界的迷雾区域驶去。

他们经过那艘已经陷入火海、散发着沥青和汽油臭味的钢铁战舰，继续前进。

康纳几乎将方向舵掰断，但仍然对墨提斯号束手无策，也无法理解墨提斯号究竟为什么会反抗自己，于是他决定将驾驶位让给瑞克·班纳。

瑞克上去之后的结果也完全一样。

"它想干什么？"红发男孩有些吃惊地问道，他的双手由于刚才的战斗在不停地流血。

康纳看了他一眼，不知道如何回答，虽然自己很清楚墨提斯号能够在蓝色之海上按照自己的意志来航行，但是像这样不听使唤的情况还是第一次出现。

"它想要去寻找什么东西，"康纳说道，"或者是某个人……某个在那外面的人……"

康纳弯下腰，不理会四周的炮火声，将一只手搭在甲板的木头上，感受到了一阵来自古老时代的木板的神秘震动，这种感觉，就和他第一

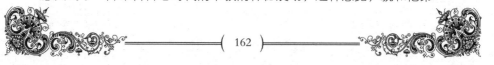

次登上船的时候一样。

"康纳？"

"船长！我们正在远离陆地！"

但是康纳此时的注意力完全集中在了墨提斯号上。

"你想要去哪里？"男孩问道。

墨提斯号并不回答，继续乘风破浪，向着远处驶去。

康纳并不明白它想要表达什么，同时也明白此时自己并没有其他选择。

"我们要相信它……"他站起身来说道。

接着他大声喊道："我们并没有逃跑！我们不会抛弃自己的伙伴！"

船上的海盗们不再说话，看着身后炮火连天的海域离自己越来越远。

"那我们现在是去哪里呢？"其中的一个人问道。

康纳抬起头，朝着船头的方向看向海平面的最远处。

一片黑色的云朵，下面似乎有什么东西正在旋转着。

"是龙卷风……"康纳心想。

难道墨提斯号打算去风暴的中心吗？

为什么呢？

那里的龙卷风有什么玄机吗？是什么人引发的这场风暴吗？

最重要的是，像他们这样的一群人，驾驶着一艘古老的维京船，去那里要干什么呢？

"所以现在是要想办法弄清楚这些问题的答案呢？"康纳突然问自己，"还是选择相信它，相信墨提斯号的选择并做好准备？"

"所有人员回到各自的岗位上！"康纳回到了方向舵前，大声喊道。

康纳和瑞克并排而站，墨提斯号的速度越来越快，他转头问道："你准备好了吗，班纳船长？"

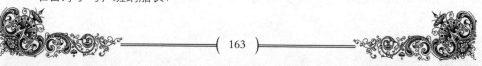

"我愿与你们同在，康纳船长，我愿与你们同在！"

肖恩的背不知被什么东西狠狠砸了一下，他摔倒在地，失去了知觉。当他再次睁开眼睛的时候，面前是一个年轻的军官，面容俊朗，双眼炯炯有神，身穿虚幻印地会的制服。

肖恩想让自己坐起来，但是却心有余而力不足，他的头仍然昏昏沉沉的，嘴里一股血腥味。

"我在想如果我现在不杀了你的话，"年轻的军官说道，"一会儿就会被你给杀了……"

肖恩眼里的世界仍然有些模糊，他努力回忆着刚才发生了什么：虚幻印地会的部队在北侧海岸登陆了，于是他率领一支部队上前迎击，己方大约有百来号人，而印地会的人数只多不少，然后，突然之间……那一击……

接着他就摔倒在地，不省人事了。

"要杀死一个人还真是不容易呢，不是吗？"吉姆伯爵说道，两人之间也就相隔着几步的距离，"这种感觉很不好，特别容易让人产生负罪感。"

这时肖恩终于从地上爬了起来。

"如果说你在刚才那一下的时候就死了的话，对我们双方都好，可是偏偏你的命比较硬……现在就有点麻烦了。"

吉姆伯爵举起了手中的刺刀，刀锋在阳光下闪着阴森森的银光："很遗憾我的子弹都打完了。"

肖恩深吸了一口气，从伤口处传来了椎心的疼痛。

"你最好不要乱动，"吉姆伯爵继续说道，"不然的话可能死得更惨。"

肖恩看了一眼四周，希望弄明白自己身在何处。在他的不远处是一道陡峭的斜坡，径直通向沙滩，这里是灯塔的北边一点。

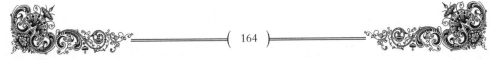

大地在他的脚下微微颤动着。

伦纳德·米纳索守护的灯塔只剩下了半截，肖恩的身后，一个巨人刚从水里上岸，手中仍然握着另外半截灯塔，岩石和玻璃如同雨点一样洒落在地上。

海里的战斗仍然在继续着，战火正在不断逼近小镇。投石车的呼啸声夹杂着加农炮的隆隆声划破空气，草地里的机枪如同钢铁眼镜蛇一般吐着信子。

"看来……"肖恩咳嗽了两声，摸了摸自己受伤的胸口和头部，"形势好像对我们不是很有利……"

"这个结局从一开始就已经注定了。"吉姆伯爵握紧手里的刺刀。

"一切皆有可能，我亲爱的虚幻世界的敌人。"这时，肖恩回答说。

一把左轮手枪突然出现在了他的手中。

肖恩扣动扳机。

随着一记清脆的枪声，吉姆伯爵向后倒下，并在落地的一瞬间化为粉末。

米娜也不清楚到底发生了什么。

前一刻她还身处灯塔顶上，随后她听见了一声咆哮，一个巨大的漩涡出现在海面上。身边的加里比教授对着她喊道："快走！快走！快走！"

只见海里突然冒出了一个巨大的脑袋，然后是肩膀和手臂，待他完全上岸之后，突然冲向了灯塔。

在巨人掀掉灯塔顶的时候，米娜仿佛听见了松脆饼干被掰成两半的声音，当然，现实比这糟百倍，向下的楼梯上早已经尘土飞扬，米娜冒着被石头砸中的危险拼命跑向地面。

当她终于到达出口的时候，突然出现了几双手，试图拦住女孩。

米娜一个踉跄，跌倒在地。

随着巨人步伐的节奏，大地在不停地颤动着。

"发生什么事了？"米娜用嘶哑的声音问道，满嘴的尘土令她几乎说不出话来。

"等一下，等一下。"有人对她说道。

"教授先生呢？"

"先别着急……"

米娜有些歇斯底里地四下寻找着："加里比教授！加里比教授！"

有人递来了一个水壶，里面盛着一些热茶："把这个喝了，这样你会感觉好受些，别离开这里，明白吗？"

是谁在说话？是谁把水壶递过来的？

大地仍然在颤动着。

叫喊声不停地从四处传来。

第二个巨人出现在山崖的后方，他的头部和阿尔戈山庄一样高。

米娜抬起头望向天空。

她听见了飞机飞过的声音……

而且，飞机引擎的噪声中还夹杂着人的喊声。

是泊涅罗珀。

"别靠近我的家！"老妇人吼道，对着第二个巨人冲过去。

米娜不由自主地迈开双腿，奔跑起来。

第二十六章

阿尔戈山庄

再孤单的人也会有自己的朋友，
哪怕只是假象。

拉里卧室房门的外面连接着阿尔戈山庄的二楼过道，穆雷一眼就认出了这个地方：黄色的客厅里摆放着两张圆形小茶几，一个白色的壁炉嵌在墙体里，在过道的尽头是一面巨大的镜子，在通往楼下的阶梯边，挂着摩尔家族先人的肖像画。

窗外能够看到院子里的树木，最大的那棵梧桐树的树枝几乎碰到了山庄的外墙，而在更远处，战斗正激烈地进行着。

一个巨人突然从海里钻了出来，几乎和灯塔一样高，并且瞬间将灯塔摧毁。在海里，十几艘船正在激烈地交火。几百个克隆人登上了陆地，跨过路障冲向小镇。爆炸声、号角声、叫喊声以及巨人的脚步声全都混杂在一起，令人感到有些头晕目眩。

拉里就站在离他几米远的地方，满意地看着眼前的画面。

顿时，穆雷的心中升起了一股厌恶和仇恨之情，只不过他还得克制住自己想要将拉里扔到窗外的冲动。

"你已经输了，穆雷……你已经输了。"拉里说道，"看看我的军队，看看我创造出来的巨人！"

整个山崖，连同整座山庄，以及屋子里的灯具和家具都在颤抖着。

一个巨大的脑袋突然出现在了窗外，从树枝外面经过。

"哥格和玛格！"拉里兴奋地大声喊道，"快看看，这就是对抗虚幻印地会的下场！"

在阿尔戈山庄的客厅中，面对如此庞然大物，穆雷也感到束手无策。

"怎么样，朋友，看看你们所做的努力，全部都毁于一旦了！"拉里似乎被火焰和惨叫声激发出了心中最原始的疯狂。

穆雷很想告诉拉里他所看到的一切其实都不是真实的存在，即便是，那也是拉里一手造成的。不过，面对着巨人那种压倒性的力量，穆

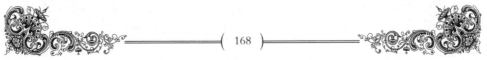

雷只觉得刚才还像一个受惊了的小男孩的拉里，此刻重新变成了令人闻风丧胆的虚幻印地会首领。

"这就是他心里所想的……"穆雷心想，"他将自己心中所想的投射到了周围，只不过我们相信了眼睛所看到的景象，他也相信眼睛所看到的景象。"

那么拉里为什么能够让他想象出来的东西存在那么长时间呢？他哪里来的能量？

除了那些自发加入的军官之外，虚幻印地会到底是由什么组成的？

他的实体是什么？

又是为什么能够自己打开时光之门，能够创造出金块，能够跨越现实和虚幻世界，自由移动？

想象力！时光之门的建造者是这样说的。

那所谓的想象力又是什么呢？

是所见和所说。

"所说的话……"穆雷心想，"就是所说的话。"

不过转念一想，他又觉得不完全是这样。

穆雷在自己的内心深处寻找着所有一切的根源，从基穆尔科夫到巨人，从地底迷宫到父亲监狱的墙壁。

一些名字出现在了他的脑海之中……

一些人的名字：

肖恩，

康纳，

米娜，

父亲，

母亲，

加里比教授，

还有其他人的名字，全都串到了一起，变成了一张网，一张……

是什么？

是什么东西让所有这些人都团结到了一起？

只是一念之间。

穆雷感到了一丝愧疚，他想到自己的梦想和所有的一切其实都是建立在这张人际关系网的基础之上，都是建立在其他人的共同努力之上，家人，朋友，同伴。

还有敌人。

所有人都有自己的敌人。

但是，所有人也都有自己的朋友。

不然的话，就没有了人际关系网。

没有了激情。

没有了动力。

于是，当那两个巨人不断逼近基穆尔科夫小镇的时候，穆雷的视线落到了躺在地上的韦斯克斯身上，他趁着虚幻印地会首领不注意的时候，一把抓起布偶兔子，抱在胸口。

"你想干什么？"拉里扭头转向穆雷，看见了韦斯克斯，声音中多了一丝犹豫，说道，"快还给我。"

穆雷的双手紧紧握住布偶兔子。

只见兔子脖子处的缝合线已经断开，里面的棉花有一部分已经露了出来。

"这不是你的东西，快还给我。"拉里说道。

突然一阵狂风吹来，将院子里的树枝都压弯了，巨人停下了脚步，而外海的船只开始不由自主地随着波浪晃动起来，风暴马上就要降临了。

"它是你的朋友……"穆雷缓缓说道。

拉里向前迈了一步，窗外的风更大了，房顶上的一些瓦片已经被掀起。山崖边上的巨人有些摇摇晃晃，他紧紧抓住石头，让身体保持平衡，而在灯塔那边的另一个巨人则松开了双手，任由灯塔的残骸掉落下来。

"这是你唯一的朋友，这只布偶兔子。"

"这和你没有关系。"拉里生气地说道，仿佛恢复了那个冰岛小男孩的语气。

穆雷向后退了一步，窗外已经狂风大作，仿佛一切都将被卷走。

这风是他造成的吗，是穆雷之风吗，还是拉里造成的？

又或者是他和拉里两股力量相互碰撞之后，形成的旋涡？

"我命令你立刻把韦斯克斯先生还给我！"拉里歇斯底里地喊道。

这种自上而下的语气……

穆雷天生就讨厌这种命令一般的口气，在这一点上他和父亲一样，天生就是一名反抗者。而作为一名反抗者，他很清楚什么时候应该挺身而出，不计后果，只为了改变现有的世界。

布偶兔子的眼睛里似乎多了一丝灵气，尽管它的一只眼睛仍然挂在外面，仅仅依靠着一根红线拉着。

"抱歉了，韦斯克斯先生。"穆雷嘀咕着。

随后他拧下了兔子的脑袋。

窗外的大风突然停了下来，仿佛一块高高举起的石头突然被轻轻地放在了地上。

拉里的脸因为恐惧和愤怒开始变得扭曲，青筋凸起。

"不要！"他冲向了穆雷，大喊道，"不要哇！"

第二十七章

巨人的肩膀

真正的伟人懂得
在正确的时候做正确的事情。

张用绳索做成的网挂在了巨人的脖子上，借助这张网，尤利西斯爬到了巨人的耳边。

尤利西斯努力站稳脚跟，告诉自己不要低头向下看，以减少恐高的心理压力。

不久之前，他以第一视角目睹灯塔被摧毁，而现在，这个巨人正跨过海峡向着港口的方向进发。老者此刻唯一的愿望就是手头仅剩的那一枚加里比教授给的燃烧弹能够管用。

靠近些，再靠近些……当老者终于来到了巨人的耳朵旁时，他透过耳蜗看到巨人空空的脑袋里有无数巨大的齿轮在运转。

怎样才能够阻止这个家伙呢？

在他的身边，风刮得越来越大，从这个位置看过去，海上的风暴正在快速逼近。

按照现在的情形来看，他在这个地方待不了多久，巨人的皮肤又黏又滑，一旦尤利西斯踏错一步，后果不堪设想。

但是，尤利西斯绝不是一个轻言放弃的人。

那么，加里比教授给他的那枚燃烧弹到底还能不能用呢？他比画了一下，随后用尽身体残存的力气，将炸弹扔进了巨人的耳蜗里。

"尝尝这个滋味吧……"尤利西斯大声喊道。这时，一阵狂风刮来，将尤利西斯吹落下来。

"米娜！"肖恩看到正在拼命奔跑的米娜，喊道，"米娜，我在这儿！"

他爬到一堆废墟之上，又喊了几遍。

米娜停在一艘搁浅的战舰前，转过头来。

"肖恩！"

"这边！快过来！"

米娜似乎仍然惊魂未定，整个人灰头土脸，手脚冰冷。

"你见到其他人了吗？"

肖恩迅速将她带离了此地。

不，这一路上她并没有见到认识的人。

这时一阵狂风席卷而来，两人只能先躲进一间屋子里。

"那些信！"米娜对着外面喊道。

不远处的广场上，信件和纸张被风吹得到处都是，向着大海的方向飘去。

"我们得做些什么！"米娜喊道。

不过肖恩却紧紧地抱住了她。

"肖恩！那些是我们的信！"

门板被风吹得砰砰直响，窗外炮火连天，从不远处传来了军队前进的脚步声。

米娜想要挣脱开来，不过肖恩却毫不放松，两人就这样躲在屋子里。

直到风似乎突然变小了一些，他才说道："快，趁现在！"

不过，两人还没有走出几步，便立刻停了下来，整条撒满了信件和明信片的街道此时已经被虚幻印地会的灰人士兵占领了。

周围死一般的寂静，仿佛时间静止了，没有炮火声，连海盗们的喊杀声也没有了，只有空中的海鸥偶尔发出几声叫声。

肖恩紧紧抓住米娜的手，如果说之前瑞克的手心里传来的是爱意的话，那么肖恩这一下更像是一种道别。

"想要我认输可没那么容易！"米娜拨开挡住眼睛的刘海儿，这时她才注意到在两人躲避的房屋的门口挂着一块牌子，上面写着：卡利普索书店——来自大海的优秀书籍。

肖恩咳嗽了两声，鲜血已经染红了上衣。

恍惚之间，所有的回忆开始在他的眼前闪现：他想起了第一次登上墨提斯号时的场景，想起了穿过迷雾之环的场景，想起了去加里比教授家的事情，想起了将加里比教授的赛车模型搬去布拉迪兄弟家里的场景，想起了自己的父亲，想起了里昂尼斯和别的虚幻之地。还有穆雷，他最好的朋友，无论如何得向他道别。

"我们没有遗憾，米娜！"肖恩的语气十分坚定。

"没有遗憾，肖恩！"

那些灰人士兵举起了手中的枪。

"哦，不，可能有一个遗憾吧。"女孩突然补充道。

"什么？"

"我这辈子从来都没有说过粗话。"

肖恩几乎无法相信自己的耳朵。

"这……这就是你唯一的遗憾？"

米娜微微点了点头。

"那这样吧，我们现在就大声地把他们骂一顿，让全世界都能够听见我们的声音。"

"我准备好了。"

"我数三下……"

"一……"

"二……"

"三……"

肖恩和米娜同时用尽全力大喊出来，而正在此时，两个人面前的士兵们突然放下了手中的枪，脑袋耷拉下来，不到一秒钟的工夫，这些士兵的身体就全部化为了尘土。

与此同时，随着一记巨大的爆炸声，两个巨人也以相同的方式消失

不见了。

两个孩子愣在原地，面面相觑。

"你看见了吗？我所见到的这一切？"肖恩问米娜，一阵风吹向了两个人。

"应该……是吧……"米娜回答说。

她抬起手，指了指海面上，一面由五颜六色的布匹拼接而成的船帆出现在不远处。

"是墨提斯号！墨提斯号回来了！"她说。

时间仿佛再次开始流动起来。

第二十八章

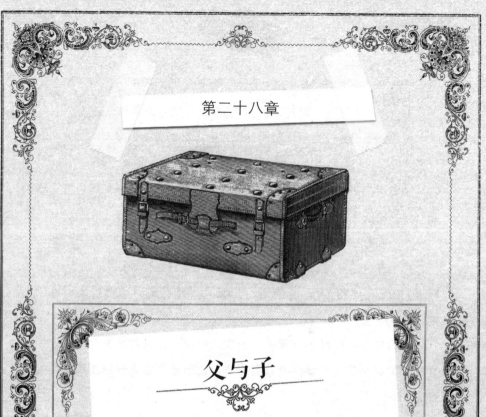

父与子

一个人绝大部分的想象
都源于他的生活。

两个孩子叫喊着扭打在地上，踢倒了四周的桌子和椅子，拳头和脚落在对方的身上。穆雷张大了嘴，喘着粗气。

拉里似乎已经完全被愤怒所支配，他纤细的身体中爆发出了惊人的力量，用拳头打，用嘴咬，用指甲抓，小男孩像一头野兽一样歇斯底里。

穆雷用力夹住对方的脑袋，试图让他冷静下来，不过很快，他便意识到这种做法完全是徒劳的。

他一脚将拉里踢开，然后转身下楼，来到了院子里，向着山崖跑去，不过拉里在他的身后紧追不舍，突然猛地一下将他扑倒在地。

"去死吧！去死吧！去死吧！"虚幻印地会的首领已经出离地愤怒了。

穆雷的双手胡乱地挥舞着，一次，两次，在将对方推开之后，他才得以站起身来。他警惕地盯着对方，让自己尽量离开悬崖边的危险地带。

拉里捡起地上的石块向穆雷扔去，穆雷为了躲避石块，脚下一滑，跌倒在地，头撞在了一块石头上。

这一下虽然不是很重，却令他露出了破绽。

拉里立刻压到穆雷的身上，双膝抵住他的胸口，双手掐住他的脖子，令他喘不过气来。穆雷试图反抗，却无法挣脱，在经历了连续的折腾之后，他已经筋疲力尽。远处的叫喊声传了过来，穆雷看见虚幻印地会的船一艘接着一艘在沉没，心里略微感到了一丝慰藉，至少他们还没有输。与此同时，他听见了一阵飞机引擎声，埃俄洛斯号正绕着山崖盘旋。

拉里的双手如同钳子一般越夹越紧。

穆雷抓住他的胳膊，试图拉开对方，却发现拉里的手臂如同钢铁一样。

他的双眼血丝密布……

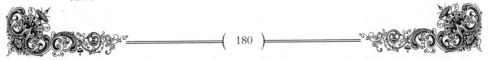

已经没有任何人能够阻止他了。

拉里说得没错。

是穆雷输了。

穆雷放弃了抵抗，双手无力地垂下，脑袋侧向了一边。

正当他的双眼闭上的时候，一双有力的手托起了他的身体，帮助他站了起来。

大量的新鲜空气重新进入穆雷的肺里，他拼命地咳嗽着。一开始他以为是拉里干的，但当他定睛一看，才发现拉里此时也被一双手给控制住了，准确点说，是被一个人给抱住了。

他看了一眼扶起自己的那双手，那双粗壮的胳膊，那宽大的胸膛，那张熟悉的脸庞。

"爸爸？"穆雷疑惑地问道。

克拉克先生跪坐在穆雷面前，微笑着问道："怎么样，小伙子？那么有意思的冒险怎么不邀请我呢？"

"真的是您！"穆雷兴奋地喊道，"您怎么会在这里？"男孩的表情已经令人难以分辨他到底是在笑还是在哭了。

"事情大概是这样的，我和詹姆斯·哈斯利走在路上……然后你的一个朋友突然出现，邀请我们跟着他过来……"

"我的一个朋友？"

"是的，开着一艘维京船，船上还有好些海盗。"

穆雷睁大眼睛，望向了自己的对手，而拉里则躲在他父亲的怀抱里，伤心地痛哭流涕。

"说说吧……"克拉克先生问道，"刚才你们两人是真的在相互厮杀……还是在玩笑打闹？"

"我们只是在玩一个游戏，爸爸。"穆雷回答说。

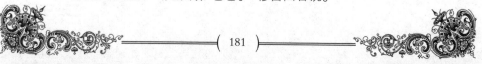

"那最后是谁赢了呢，你还是他？"

穆雷不知道该说些什么，他看了一眼已经有些破败的山庄，然后望向大海，海面上不少船仍然冒着黑烟。

"这件事情说来话长。"他嘀咕着，"也许一本书都写不完。"

第二十九章

战后的平静

在经历了紧张的战斗之后，
终于迎来了英雄的回归。

虚幻印地会的船只，至少那些还有人的船只，开始陆陆续续撤退了。

肖恩、康纳、米娜、布拉迪兄弟和穆雷站在山脚下，看着他们逐渐远去。

同时，反抗军的同伴们也都回来了。朗·约翰·希尔弗的船回到了码头，他坐在方向舵前，如同一位凯旋的将军，而尼莫船长少有地在离开鹦鹉螺号时面带笑容。

人们在灯塔的废墟中找到了加里比教授，不过看上去他似乎心情不错，他告诉人们当自己被困在下面时，突然有了灵感，希望能够将其建成第一个太阳能灯塔，就连方案都已经想好了。

"很高兴认识您，克拉克先生！"加里比教授向穆雷的父亲打招呼说。

阿尔戈山庄四周的帐篷已经被拆掉，人们在残破的院子里摆上了桌子和椅子，来享受这一个平静的夜晚。在小镇上，海盗们早就开始开怀畅饮了，一部分人已经是醉醺醺的了，他们载歌载舞，欢声笑语。经历了这场大战之后，村民们对于他们的行为也表示了最大的感谢。

"他们什么时候离开呢？"当一阵污言秽语传到泊涅罗珀的耳边时，她皱了皱眉头问道。

"希望不用多久他们就会厌倦小镇的平静生活吧……"尤利西斯回答说，同时背上的一阵疼痛令他倒吸了一口凉气。

"你的年纪已经不允许你再从二十米高的地方跳水了，小伙子……"加里比教授开着玩笑说道。

"哎呀，哎呀，哎呀……"尤利西斯龇牙咧嘴地说道，"你们别引我发笑……"

看到尤利西斯的表情，大家都被逗乐了……

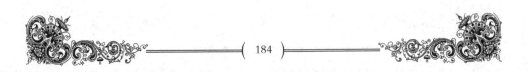

夜色降临，草丛里的蛐蛐开始歌唱。

基穆尔科夫的镇上依然灯火通明，而在阿尔戈山庄里，众人正在相互道别。

"说真的，我有太多的话想说。"尤利西斯发言道，"却不知道从何处开始说起。"

"我觉得可以从故事的开始讲起。"米娜将在墨提斯号上找到的那份手稿递过去，说道，"我想现在您应该有足够的时间去整理这份手稿了……"

尤利西斯接过了手稿，正想点头致意，但一阵疼痛袭来，令他的动作戛然而止。

接下来应该是肖恩了，尤利西斯很清楚肖恩心里的想法。

"我觉得应该没有什么问题。"他说道，"因为小镇上正好有一处房子空着，那里原本住着我的一位好友，她的名字叫作赫利斯坦内斯查……"

说着，老者将一把钥匙递了过去，这并不是一把时光之门的钥匙，只是一把普通的家门钥匙。

肖恩的双眼放出激动的光芒，看向自己的父亲。

"所以我们可以生活在这里吗？"

"当然。"尤利西斯回答说，"前提是你得学会一些出海的技能……"

肖恩兴奋地点了点头。

他、父亲和加里比教授在此前已经表达了希望留在基穆尔科夫生活的想法，在这里肖恩的父亲可以开设一家建筑公司，而肖恩……肖恩当然可以从头开始。

而且，只要愿意，他们还可以经常来阿尔戈山庄做客。

轮到布拉迪兄弟了，尤利西斯亲切地捏了捏两人的脸蛋，叮嘱他们认真学习，而不是将所有的时间都花在打电玩上。

"你来告诉他吧。"兄弟中的一人说道。

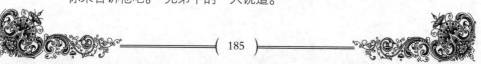

"我们现在有了一个新的目标，就是完成一个全世界最大的玩具赛车赛道模型！"另一个人补充道。

接着，尤利西斯走向了康纳。

"请帮我照顾好那艘船，明白吗？"

"好的，船长先生……"金发男孩干脆地回答说。

最后，年迈的虚幻旅行者来到了穆雷和他的父亲面前。

"至于你，穆雷，我已经没有什么可以给你的了，你已经掌握了所有的秘密，而且，你已经可以根据自己的想象来创造物品了……"

穆雷低着头，望着自己的鞋子，感到有些尴尬，仿佛这个院子里所有人都在看着他。

尤利西斯轻轻地拍了拍男孩的肩膀。

"但是，有一件事情我需要告诉你，在此之前，我用了一生的时间来寻找时光之门的建造者，我一直以为这些建造者应该是一群神圣到让人无法接近的老头儿，但是现在，我明白事实并非如此，当然我不是说你不好，小伙子……你明白我的意思吗？"

"是的，我明白，先生。"

"感谢你们的帮助，让我们赢得了最后的胜利。"尤利西斯说道。

所有人开始鼓掌欢呼起来。

肖恩甚至站到了桌子上，号召说："感谢穆雷！谢谢！"

"乌拉！"所有人附和道。

鼓掌声、口哨声和歌声混作一团，朗·约翰·希尔弗和他的手下们抬起穆雷，高兴地将他抛向空中。

在半空中，穆雷以这样一个独特的视角，看着这些伙伴，看着这个虚幻世界，看着这个他英勇战斗过的地方，对他来说，这段经历将陪伴着他走过一生，成为他最宝贵的财富。

第三十章

回家

再次回家的时候，
总会发现一些惊喜。

拉里仍然在沉睡之中，不过在回雷克雅未克的航班上，他的脸色已经好转了不少，脸颊上出现了红色，眉头也舒展开来，面部的肌肉也不再僵硬，看上去更像是一个普通的男孩了。

在他的身边，韦斯克斯先生已经被重新缝好了，脖子上的伤口几乎看不出来，掉出来的棉花被重新塞了回去，眼睛也被一根结实的红线重新固定好，看上去似乎比原来更漂亮了。

他们正在回家的路上，回到他们自己的家，那个在真实世界之中的家，而不是那个在虚幻世界里充斥着暴力、谄媚和军队的房间。

事到如今，当时拉里为什么要离家出走的原因已经不再重要。

当詹姆斯打开家门的时候，拉里的妈妈立刻走过来迎接二人，她的头发已经剪短并且打理整齐，屋子里的毛线已经都不见了，就连小男孩的房间也已经粉刷一新。

母亲准备了一顿丰盛的晚餐，并打算告诉拉里一个消息，也许通过这种方法，拉里能够不再感到孤独和厌烦。

"妹妹？"拉里在客厅里问道。

父亲和母亲二人相视一笑。

"我们一直在等你回来，希望能够亲口告诉你这个消息。"

"差不多是时候道别了。"穆雷对肖恩说道。

两个人都感到有些尴尬。

"你之后打算做什么？"肖恩问道。

"哦，这样啊……我想我应该先完成今年的学业吧，然后……然后升到下一个年级……"穆雷回答说，"说实话我还没有完全想好……我的意思是说，我现在先回一趟家，然后……我也不知道，你呢？"

肖恩微微一笑，眼神里充满了信心。

"我应该会重新开始……做些什么吧……"

"是这样啊……"

"没错。"

"重新开始……"

两人相互拍了拍彼此的肩膀。

"你见到康纳了吗？"肖恩问道。

"他在下面的码头等我。"

"可是……"

穆雷耸了耸肩。

"他一直都是自己一个人在船上过，我想他应该会继续这种生活吧……"

"你说的没错。"

"而且做墨提斯号的船长难道不比做一个电子游戏的程序员更酷吗？"

两人看着星星在海水里的倒影，一言不发。

"我会想你的。"穆雷说道。

"我也是，兄弟。"

"也许……"

"随时欢迎……"

"好吧……"

两人相视一笑。

"你要是想和我聊天的话，可以在我洗澡的时候……"

"你可以直接在墙上开一扇时光之门，然后来找我。"

"我不知道能不能这么干，也不知道这种能力是否还能用……"

"反正你试试总是好的，至于我嘛……"肖恩吸了口气，平复一下自己的心情，"如果我想你了，就会在这里大声呼喊你的名字……"

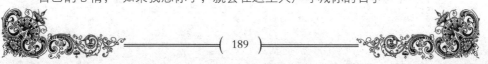

两个人击掌约定。

"嘿，穆雷？"

"怎么了？"

"你知道吗？"

"什么？"

"从对待拉里的态度上就可以看出来，你将来一定能够成为一位伟人的。"

反抗军成员安托万·德·圣－艾克修佩里驾驶着一架老式飞机载着米娜于晚上六点出现在纽约机场塔台的监控屏幕上，在确认了信息之后，这架飞机着陆在卸货区，不过据机场的工作人员回忆，飞机在停留了仅仅几分钟之后，便从着陆跑道起飞向着新泽西的方向飞走了。

安托万原本坚持要陪同米娜进入机场区域，不过女孩婉言谢绝了，她还是希望乘坐机场大巴前往到达站。

时间计算得刚刚好，就在女孩到达行李提取岛后没多久，她的父母便从停机坪走了过来。

在见到了自己的父亲之后，米娜有点担心会挨上一巴掌。

两个人对视了几秒钟。

"你到底去哪儿了？"

米娜嘴唇动了一下，微微一笑。

"我乘坐了后一个航班，爸爸，因为……"

一开始她并没有想好要如何解释，在她的记忆中，一般这样的情况都是她被训斥一通，然后以沉默收场。

"米娜，你……我们……还以为……"

父亲的脸涨得通红，仿佛随时都会爆发一样，

就像之前的每一次，但这一回她猜错了。

她甚至都想好了，如果生活继续这样下去的话，她宁愿逃回基穆尔科夫，然后永远留在那里，断绝和现实世界的联系。但是，这一次不一样，等待她的是一个大大的拥抱，温柔而有力，仿佛在寻求一种解释和回答。

她的父亲竟然激动地流下了眼泪。

"很抱歉！"他说道，"我感到很抱歉……"

米娜的心情从一开始的紧张变为愧疚，她看了一眼父亲身后的母亲和外婆，两个人的眼神里充满了温柔的光芒。

"欢迎你回来。"在出租车上，母亲搂着米娜说道，"希望你会喜欢这里的生活。"

米娜没有回答。

不过她相信，自己会喜欢这里的生活的。

这一次，自己一定会喜欢这里的生活的。

阿尔戈山庄剩下的客人已经不多了，他们有一部分直接留在这里过夜，睡在地上、沙发上和卧室里，而另一部分则下山去了镇上。

加里比教授和朗·约翰·希尔弗坐在厨房的餐桌边，借着一旁壁炉里发出的微弱火光，正在讨论着某个项目。按照他们的说法，这个项目能够革命性地改变虚幻世界的生活。

"你的意思是他们来这里只是为了吃饭？"老海盗疑惑地问道。

"当然，你想想，只要能够将我们的酒店通过时光之门和虚幻世界的各个地方相连接，那么我们就会有源源不断的客户，而它也将成为一家真正意义上的零距离酒店！"

朗·约翰·希尔弗若有所思地挠了挠头，然后看了一眼放在桌子上

的那张写满了名字的字条，说："绅士海盗之家，这个名字不错。"

"我仿佛已经闻到了饭菜的香味……"

"那员工呢？我们需要服务员和厨师呀……"

"一个服务员我已经找到了。"加里比教授向和他们一起从Z之岛逃出来的小拉姆努了努嘴。

"让一个食人族来担任服务员？嘎嘎！这个主意好哇！你也不怕把客人都吓跑了？"

"你是在开玩笑吗？这才是真正的卖点！而且……这样一来我敢打赌没人会吃了饭不给钱了！"

尤利西斯站在阿尔戈山庄里的那扇时光之门前，他的手里拿着一件物品，是克拉克先生不久之前交还给他的。

"是这样的，摩尔先生……"穆雷的父亲当时是这样说的，"我也不清楚那艘载着海盗的维京船是怎么突然出现在我们面前的……我的意思是……而且正好是我和詹姆斯·哈斯利先生想要过来这里的时候……"

对于这样的问题，尤利西斯只是告诉他不用刨根问底，因为有些事情如果说穿了的话下次就不灵了。

克拉克先生听了之后，便没有过多追问，他从口袋里掏出那枚金色的罗盘，当然，罗盘本身并非黄金打造，只不过是打磨得十分光滑的黄铜发出的金色光泽令它看上去像是黄金的一样。

克拉克先生最初是在牢房里发现这枚罗盘的，在此之前，穆雷是在书桌的暗格里找到它的，巧合的是，两个人后来都遇到了墨提斯号。

这其中难道有什么奥秘吗？

"如果有一个合适的时机，也许我会告诉您我是如何得到这枚罗盘

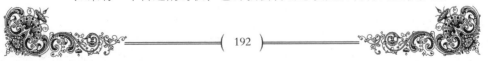

的。"尤利西斯微笑着从克拉克先生的手里接过了罗盘，"当然，现在可能还没到这个时候。在我第一次来到阿尔戈山庄的时候，这里已经尘封了将近一百年的时间了，当时我的母亲已经过世，而我的父亲则与摩尔家族断绝了关系。幸运的是，在小镇上有不少我的同龄人，就好像是您儿子的那些小伙伴一样……"尤利西斯吸了口气，继续说道，"和所有的孩子一样，我们都有着一个英雄梦，同时我们相信相互之间的友谊是天长地久的……"

克拉克先生看了一眼尤利西斯手里的那枚罗盘："我想我应该能够理解您的心情……"

"而我现在则是当时那一批人之中最后的幸存者了……"尤利西斯补充道。

"看来把这件物品还给您是一个非常正确的决定。"

"您真是太绅士了。"

克拉克先生看上去有些犹豫，是时候离开了，他也应该回到自己的城市，回到自己的牢房里去，但这并非是他犹豫的原因。

"关于我儿子的能力，摩尔先生……"他终于鼓足勇气说道。

"您的儿子有着超乎常人的想象力，克拉克先生。从您的作为也可以看出，您有着非常强的正义感，同时向往自由，所以如果将这两种性格结合起来看的话，我相信他注定将成为一名反抗者，而一位天生的反抗者所做的事情，往往是世俗眼光所无法理解的……"

"那您觉得如果现在离开这里回到家乡的话，他的这些能力，我指的是创造出时光之门，并且……"

"并且能够在他想象中的地方自由穿梭？"

克拉克先生盯着尤利西斯看了许久。

"他会失去这种能力吗？"

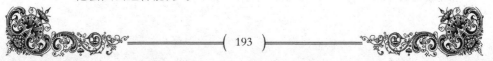

"我想其实这种能力我们每个人都在失去，"尤利西斯回答，"这是无法避免，并且随着时间的流逝必然会发生的。"

克拉克先生挠了挠头："那您觉得他……我们……是不是应该……"

"有人需要留在这里，克拉克先生，但同时也需要有人回到现实世界里去，讲述那些他在这里的所见所闻，不然的话，这里将会被人遗忘，也就没有人会再来这里了……"

"你是说乘坐墨提斯号吗？"

"也有可能是走路过来，骑车过来或是坐火车过来……"尤利西斯微笑着说。

在两人握手道别之后，克拉克先生这才带着自己的儿子离开了山庄。

尤利西斯回到了阁楼上自己最钟爱的房间里，看着墨提斯号的船帆逐渐远去，也许在他的性格之中，不擅长告别也算是一个缺点吧。

"我可以问你一件事吗？"泊涅罗珀从身后轻轻地抱住了自己的丈夫，两个人一起看着远方的大海。

"你从一开始就知道吗？"

"知道什么？"

"穆雷·克拉克得到了罗盘，然后墨提斯号前去接他？是你用这种方式邀请他和他的小伙伴们来这里的吗？"

尤利西斯摇了摇头。他在很久之前便意识到虚幻世界可能存在着某些潜在的危机，某位更激进、更强大的虚幻旅行者即将到来。如果他什么都不做而是选择听之任之的话，那么在此之后将会有越来越多的这种旅行者出现，所以他必须出面阻止那个人，因此一场大战也就不可避免。他需要一个可以帮助自己、可以带领他们取得胜利的人，一个拥有着强大潜力、能够自由出入各处虚幻之地的人。所以他将自己的罗盘放进了书桌的暗格里，伦纳德·米纳索将尤利西斯未完成的日记放进了墨提斯

号，同样，彼得·德多路士也将那个隐藏着如何到达基穆尔科夫方法的魔方放在了墨提斯号上。

然后，他们将命运交给了墨提斯号，交给了蓝色之海，他们相信，所有的新生事物终将取代旧的事物，新的英雄将会出现，来改变旧的秩序。当然，尤利西斯根本无法预料到自己的那张书桌最终会到达穆雷所在的城市，并且罗盘最终会被穆雷找到，他也无法想到孩子们能够解开彼得的魔方，更无法想到这件事情能令拉里感到恐惧。

"没有，"尤利西斯肯定地回答，"我并没有预料到这一切，但是我从心底里一直期待着这件事情的发生。"

两个人沉默了一会儿。窗外一阵风吹过，最古老的那棵梧桐树的树枝轻轻拂过山庄的屋顶。

"可以去睡了吗，虚幻旅行者先生？"泊涅罗珀轻声说道，"在经历了和那些巨人的战斗之后，你应该已经很累了。"

"虽然我的身体很疲惫，但却感觉不到累。"尤利西斯回答，"而且，最重要的是，最终是我们赢了……"

一扇窗户被风轻轻吹开，传来了不远处海水拍打着礁石的声音。

"一切努力都是值得的。"泊涅罗珀说道。

"是的，所有的付出终归会有回报。"尤利西斯赞同道。

他转过身来，抱住了妻子，在她的额头轻轻地印上了一个吻。

一周之后，克拉克先生出狱了。他交代了所有关于他同伴和武器的事情，而律师也成功说服法官并使其相信他并不是一个危险分子。

他并没有参与暴力示威，没有在酒吧纵火，也没有私藏武器。至于包庇同伙的罪名，克拉克先生在监狱里服刑的时间也已经远远超过了必要的时间。

一家三口走在海边，想着去哪里美餐一顿。穆雷母亲的脸上洋溢着

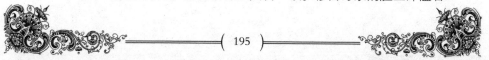

喜悦之情，似乎整个人都变得更年轻了，穆雷父亲则刮掉了胡子，脸上仍然散发着淡淡的剃须泡香味。

穆雷穿着他最喜爱的那件上衣，走在两个人的中间，嘴里压根就没有停过。

他的朋友肖恩、米娜和康纳都选择了各自不同的生活。

不过他感到很充实。

从未有过的那种充实。

他相信未来还能够和自己的朋友们相见。

而一旦和父亲、母亲离别之后就很难再相见了。

所以父亲这次得以回来，他格外珍惜。

他们一家之前常去的那家小餐厅还在营业，就位于一条小巷的尽头，虽然环境不怎么样，但对于一直生活在这座城市里的人来说，这里就像是一颗明珠一样珍贵。

一只海鸥落在了三人的面前，嘴里发出咕咕声，随后又离开，向着大海的方向飞去。

穆雷的心头涌上了一股莫名的伤感。

"爸爸，你觉得怎样才是一个真正的反抗者？"他突然问道。

父亲正在推门的手突然停了下来，看了一眼天空，然后又望向自己的妻子。

"我也不知道，穆雷……"他回答说，"也许反抗者就是一个努力尝试着遵守自己的承诺，却又时刻在忘记自己本心的人吧！"

南柯一梦之后，
终将面对现实。

瑞克·班纳一直望着山顶上的阿尔戈山庄，院子里的帐篷都已经被拆除，树木迎着风轻轻摇摆着，阁楼上的窗户虚掩着。红发男孩已经能够想象出老者坐在书桌前，继续完成他的日记的画面。海水退潮，沙滩一直延伸到很远的地方。在男孩的身后，工匠们正站在脚手架上，重建着伦纳德·米纳索的灯塔。

基穆尔科夫恢复了活力，新的居民和老的居民共同努力，希望能够尽快重建这座小镇。

码头上的渔船和往来的商船渐渐多了起来。墨提斯号停在小镇唯一的酒店——风之旅店前面，而康纳则坐在查帕面包房里和他的新朋友们聊着天。

瑞克背着背包，脑子里思绪万千。

这些年来，太多人在他的生命中出现，然后又离开。科文德兄妹回到了伦敦，除了一些书信往来之外，没有见过面。然后是托马索和阿妮塔，这两个人现在在威尼斯大学里学习经济学，他和这两人也没有太多的联系。至于沃尼克和两位卡勒先生则早已经定居在了基穆尔科夫，当然，他们的日常生活十分神秘，而且经常外出旅行。

瑞克和他的父亲一样。

注定是一个孤独的人。

尽管他也经历了许多次不同的冒险，但是从未在真正意义上离开过这个小镇，这一点不像他的几位小伙伴们。他去过许多虚幻之岛，和海盗们战斗过，却没有背上背包，进行过一次真正的旅行。

至今为止……

瑞克从小期待着有一天能够住进阿尔戈山庄，他曾经暗自发誓绝不会离开基穆尔科夫。但是现在他已经长大了，他甘愿为了小镇的安危冒着生命危险去战斗，同时也意识到曾经的那个誓言已经不那么重要，或

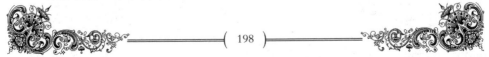

者说，他意识到是时候做一些不一样的事情了，至少现在是这样想的。

这一路走来，瑞克听人聊起过无数个关于虚幻之地和牢笼之岛的故事，在他的观念里，如果基穆尔科夫是一个虚幻之地的话，那么他也应该是虚幻的，所以他并不是瑞克·班纳，他的红色头发，他的所有想法和所有感觉只不过是一种虚幻的存在。

是的，所以他的感觉也只是一种虚幻的存在。

瑞克整理了一下身后的背包，看了一眼正在港口等着他的潜艇。

然后抓起了一把沙子，放进了口袋里。

"我会回来的。"他回头向着小镇的方向说道。

也许这句话就是说给他自己听的。

他为自己找了一个很好的理由，这次旅行是为了寻找一位朋友。

那个朋友的地址就在他的口袋里。

是米娜。

虽然路途遥远，但是瑞克相信自己绝不会忘记回家的路，没有任何东西比这座位于康沃尔的小镇更重要了。

瑞克·班纳的想法很简单。

那就是他不希望再做一个虚幻的人物了。

"不管怎么说，做一个虚幻的伟人似乎也不是很容易的样子……"男孩一边想着，一边登上了鹦鹉螺号的甲板。

尼莫船长同意载他一程，把他送到美国的西海岸，再然后就全靠瑞克自己了。

毕竟他已经长大了。

"东西都带齐了吗？"尼莫船长问道。

"所以到底要带些什么呢？"瑞克自问道。

不管怎么说，应该没有落下什么。

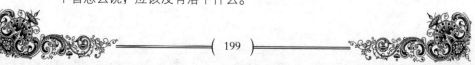

"只要送你过去就可以了？"

"是的，只要送我过去就可以了。"红发男孩回答说，"如果要回来的话，我自己会想办法的。"

是的，总会有办法的。

毕竟，他带着那枚金色的罗盘……

毕竟，他有着坚定的决心。

（全文终）

MAPPA *dei* LUOGHI IMMAGINARI

L'ISOLA
DEL DOTTOR MOREAU

KILMORE
COVE

GOG E
MAGOG

ATLANTIDE

ULYSSES
MOORE